EU, TITUBA

MARYSE CONDÉ

EU, TITUBA
BRUXA NEGRA DE SALEM
(ROMANCE)

Tradução
Natalia Borges Polesso

Prefácio
Conceição Evaristo

15ª edição

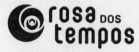

Rio de Janeiro
2025

Copyright © Éditions Mercure de France, 1986
Copyright da tradução © Editora Rosa dos Tempos, 2019

Título original: *Moi, Tituba, sorcière... noire de Salem*

CIP-BRASIL. CATALOGAÇÃO NA PUBLICAÇÃO
SINDICATO NACIONAL DOS EDITORES DE LIVROS, RJ

C749e 15ª ed.	Condé, Maryse Eu, Tituba: bruxa negra de Salem / Maryse Condé; tradução Natalia Borges Polesso. – 15ª ed. – Rio de Janeiro: Rosa dos Tempos, 2025.

Tradução de: Moi, Tituba, Sorcière... noire de Salem
ISBN 978-85-01-11723-6

1. Romance francês. I. Polesso, Natalia Borges. II. Título.

	CDD: 843
19-57291	CDU: 82-31(44)

Vanessa Mafra Xavier Salgado – Bibliotecária – CRB-7/6644

Todos os direitos reservados. É proibido reproduzir, armazenar ou transmitir partes deste livro, através de quaisquer meios, sem prévia autorização por escrito.

Texto revisado segundo o Acordo Ortográfico da Língua Portuguesa de 1990.

Direitos desta edição adquiridos pela
EDITORA ROSA DOS TEMPOS
Um selo da
EDITORA RECORD LTDA.
Rua Argentina, 171 – Rio de Janeiro, RJ – 20921-380 – Tel.: (21) 2585-2000.

Seja um leitor preferencial Record.
Cadastre-se no site www.record.com.br
e receba informações sobre nossos
lançamentos e nossas promoções.

Atendimento e venda direta ao leitor:
sac@record.com.br

Impresso no Brasil
2025

SUMÁRIO

Prefácio, por Conceição Evaristo	7
Eu, Tituba: bruxa negra de Salem	15
Nota da edição brasileira	17
I	23
II	133
Epílogo	243
Nota historiográfica	249

PREFÁCIO

Tituba, um evocar das águas
que ainda nos atormenta!

Conceição Evaristo

"o dever do escravizado é sobreviver. Escutou? Sobreviver?"
"Eu sabia, eu estava condenada à vida!"

MARYSE CONDÉ

A leitura do livro *Eu, Tituba: bruxa negra de Salem*, da escritora Maryse Condé, natural da ilha de Guadalupe, oferece-nos uma revisitação a um doloroso evento acontecido em 1692 em Salem, um pequeno povoado da América do Norte. Ali, várias pessoas, que viviam sob a influência de uma doutrina cristã intransigente, puritana e supersticiosa, ao serem apontadas como bruxas, foram condenadas à morte. Entre as pessoas havia uma mulher negra escravizada, originária de Barbados, conhecida por Tituba. Sobre ela caía a suspeita de professar e praticar hoodoo. A suspeição foi construída a partir de comportamentos estranhos de crianças das quais Tituba cuidava, em sua função de "mãe preta" —

lugar também bastante conhecido na história de escravização e de subalternização das mulheres africanas e de suas descendentes em solo brasileiro, e quem sabe em todas as Américas.

Antes da criação de Maryse Condé, o mesmo fato servira de inspiração para uma peça teatral de Arthur Miller, nos anos 1950, nos Estados Unidos, traduzida no Brasil como *As bruxas de Salem*. Entretanto, entre as duas leituras ficcionais do tribunal de Salem, há de se observar distintas perspectivas, que variam conforme o olhar dos sujeitos de criação ao construir, cada um, sua narrativa.

Maryse Condé se apropria do fato histórico, criando uma narrativa, em que a voz da personagem-narradora, Tituba, oferece outra versão do evento, distinta da oficial. A pesquisadora de literatura Ana Maria M. Roeber ressalta que o texto de Miller pretende consagrar um homem, John Proctor, um dos condenados, como herói. Nesse sentido, a obra do teatrólogo americano segue uma tradição consagrada pela literatura e pelo teatro, a de alçar sempre a figura masculina à condição de herói-protagonista.

Maryse Condé cria em campo diferenciado de tradição, ou melhor, cunha o seu texto no lugar de uma não tradição. A sua narrativa traz como protagonista uma mulher. E é nela que a escritora concentra o seu foco, desejando lhe conferir uma heroicidade.[1]

Concordo com a observação de Ana Maria M. Roeber, quando a pesquisadora destaca o distanciamento da criação de Maryse Condé e Arthur Miller pela escolha de seus personagens principais. Entretanto, realço mais um dado, também não comum aos textos teatrais, à prosa ou à poesia: Maryse Condé coloca no centro de sua narrativa uma mulher negra escravizada, individualizando ainda mais o seu escrito em relação ao do teatrólogo estadunidense.

A partir desse índice no texto de Condé, não há como ler *Eu, Tituba: bruxa negra de Salem* e não relembrar a história do tráfico negreiro, da escravização dos povos africanos e de seus descendentes nas Américas.

---

1. Ana Maria M. Roeber, "Entrecruzamentos e reescrituras em *Eu, Tituba, feiticeira... negra de Salem*", *Revista Caderno de Letras*, UFPEL, n. 1, 1982.

Já nas primeiras linhas da narrativa, a voz da protagonista, em primeira pessoa, revela: "Abena, minha mãe, foi violentada por um marinheiro inglês no convés do *Christ the King*, num dia de 16**, quando o navio zarpava para Barbados. Dessa agressão nasci. Desse ato de agressão e desprezo." A concepção de Tituba por meio de um ato de violência metaforiza a povoação das Américas. A história da colonização do continente americano foi marcada pelo estupro das mulheres indígenas e africanas escravizadas.

A errância de Tituba é um dos aspectos que compõem a vida da personagem. Ela reside em vários lugares, pelas circunstâncias da escravização. Tem saudades do local de origem dos seus, embora a dor seja recalcada, como se não existisse.

Há uma passagem em que Tituba e outra mulher, a quem encontra na prisão, passando a dividir por uns tempos a mesma cela, conversam sobre o fato de as mulheres carregarem, no nome, a marca dos homens. Primeiro carregam o nome do pai, depois o do marido, afirma a mulher branca. Admirada, quando Tituba conta que o nome dela fora dado pelo pai, retruca:

— Eu esperava que, ao menos, certas sociedades escapassem a essa lei. A sua, por exemplo!

Tituba, pensativa, responde:

— Talvez, em África, de onde viemos, seja assim. Mas nós não sabemos nada sobre a África e ela não mais nos importa.

Uma geografia afetiva é conclamada em todo o texto pelo rememorar da personagem na contação de sua história. Há lembrança de espaços físicos, assim como há uma convocação do espaço-tempo dos ancestrais, dos mortos, a se intrometer, a participar da vida dos vivos.

A memória da escravização vivida pelos povos africanos diversas vezes é conclamada pela personagem, na medição dos sofrimentos pelos quais ela passa no presente. Barbados, como metonímia da África, lugar distante, é retomado pela memória nas terras em que Tituba se encontrava isolada. A personagem, sujeito diaspórico, avaliava as dores do presente em consonância com as dores de seu povo no passado e concluía que: "[...] o sofrimento e a humilhação tinham plantado seu império. A vil esquadra de navios negreiros continuava fazendo girar a roda da miséria. Quebre, moinho, com a cana, ante meus braços e que meu sangue tinja seu doce sumo!"

O processo de escravização de um povo se eterniza no tempo, em cada negro que tem sua vida ceifada. Tituba caminha entre os mortos e diz: "Um negro acaba de ser enforcado no topo de um flamboaiã. As flores e o sangue se confundem. Ah, sim, esqueci, nossa escravidão não acabou. [...] Nós explodimos no ar como fogos de artifícios. Vejam os confetes de nosso sangue!"

A figuração do mar, com suas águas, também é evocada por Tituba; mas Maryse Condé cria a sua personagem entoando vozes, não à moda dos poetas portugueses. Fernando Pessoa canta que "Navegar é preciso; viver não é preciso".[2] O mar dos assim chamados "descobridores" foi exaltado em sua potência, em sua rota de aventuras para "descobrir" isto é, para se apossar de novas terras.

Entretanto, para os povos ditos "descobertos", a canção entoada é atravessada por outros sentidos, em tom profundamente diverso. "Recordar é preciso":[3] é necessário ainda exorcizar as dores, curar os traumas. Tituba, a bruxa negra de Salem, canta o mar das tormentas. Ela clama pelos que ficaram afogados nas águas negreiras. Clama pelos que partiram e pelos que ficaram, compondo assim uma dolorida fala:

Pois se a água das nascentes e dos rios atrai os espíritos, a do mar, em perpétuos movimentos, assusta-os. Eles se mantêm afastados de sua imensidão, às vezes enviam mensagens para aqueles que estimam, mas não atravessam, não ousam ficar sobre as ondas:

---

2. Fernando Pessoa, "Palavras do pórtico", in _____, *Poesias*, seleção de Sueli Barros Casal, Porto Alegre, L&PM, 2012, p. 7.

3. Conceição Evaristo. "Recordar é preciso", in _____, *Poemas da recordação e outros movimentos*. Rio de Janeiro: Malê, 2017.

— Atravessem as águas, ô meus pais!

— Atravessem as águas, ô minhas mães!

A obra *Eu, Tituba: bruxa negra de Salem* oferece também uma leitura bastante elucidativa sobre a condição das mulheres no período em que uma moral puritana imperava sobre a sociedade. Todas as mulheres estavam sob o poder de um patriarcalismo exercido pelos homens de sua família e pela Igreja. As mulheres de todas as condições sociais eram subjugadas. As africanas e suas descendentes mais ainda, pois estavam em condição de subordinação, imposta pelo senhor e pela senhora.

Em certos trechos da narrativa é possível vislumbrar uma cumplicidade entre as mulheres, notadamente pelo olhar e pelas ações de Tituba em relação à senhora. O relato é escrito de tal forma que uma ilusão é criada de que há uma real cumplicidade entre a senhora e a outra escravizada.

Haveria a possibilidade de a senhora Parris se cumpliciar com uma mulher que estava ali para servi-la e que fazia isso tão bem?

Uma mulher não escravizada, mas duramente vigiada, Hester, punida pelas regras morais, no fundo de uma prisão alcançaria a dor de Tituba?

Hester, a feminista branca, pensaria na mulher escravizada como igual? Ou se julgaria superior por deter conhecimentos que Tituba não tinha?

No desespero, na dor, as duas trocaram segredos e sentimentos. Tempos depois de as duas mulheres terem se encontrado na prisão, Tituba com saudades diz: "Um dia, eu descobri uma orquídea na raiz de uma samambaia. Eu a batizei de 'Hester'."

Ao longo do relato, percebe-se que a experiência de ser "coisa escravizada" nas mãos dos senhores e das senhoras não retira de Tituba a humanidade. Ela cuida da criança, a filha da senhora. E foi justamente nesse cuidado, nesse zelar pela vida de Betsey, a pequena filha do casal Parris, que Tituba sofre a suspeição de ser uma bruxa. Torna-se vítima de quem ela protege.

Sentindo-se traída, Tituba emite um julgamento generalizante em relação aos brancos escravocratas da época: "Confesso que sou ingênua.

Eu estava convencida de que mesmo uma raça infame e criminosa poderia produzir indivíduos sensíveis e bons, como uma árvore atrofiada pode dar bons generosos. Eu acreditava na afeição de Betsey."

Tituba sabia, depois de ter vencido tantas dores, que "estava condenada a viver".

Assistira, ainda pequena, à morte de sua mãe, ordenada pelos brancos, e logo depois recebeu a notícia de que o homem que havia se tornado seu pai e que ela amara tanto também fora indiretamente morto pelas mãos dos brancos. Condenada a viver, a personagem segue narrando a sua vida. Narração que, embora se desenvolva em primeira pessoa, traz a vida de muitos.

Mas, apesar de todos os sofrimentos, inclusive em suas relações amorosas, Tituba continuava persistindo. Aliás, um dos aspectos que diferencia Tituba da senhora Parris é o modo como ela vive seu próprio corpo. Este, embora sendo "coisa", por sua condição de escravizada, Tituba sabia fazê-lo seu. Ela se permitia vivências amorosas, desejos, prazeres, que inclusive feriam a moral cristã.

Falando de suas relações amorosas, dos gozos experimentados por seu corpo, Tituba, ao experienciar novas formas de amor, diz: "O prazer para mim sempre teve a forma de outro corpo, cujas cavidades se encaixavam às saliências e onde as saliências se aninhavam nas macias planícies de minha carne. Hester me indicava o caminho para outro gozo?"

O texto conclama a leitura, quer pela curiosidade pelo desfecho da história, quer pela compreensão lenta de que a "bruxaria" de Tituba, nada mais é do que uma sabedoria construída em outros espaços culturais. Modos diferenciados de relações com a morte, com os mortos e com as forças ancestrais.

Maryse Condé, com uma espécie poética da dor, tão bem desenhada nessa obra, magistralmente constrói um relato mesclando história e ficção. E, no vazio da história, a ficção, o invento, entra para suprir a ausência de informação.

Parece-me muito sintomático que, sendo Tituba a pessoa que desencadeia todos os eventos de Salem, a historiografia traga tão poucas informações sobre ela. A origem de Tituba é apontada como sendo de Barbados, mas também poderia ser nativa da região de Salem. Os dados que não divergem são os que informam sua condição de escravizada. Registram que Tituba "era uma escrava".

Quanto à imprecisão do lugar de origem de Tituba, a ausência de fontes primárias sobre a origem dela é um vazio que os sujeitos diaspóricos carregam na reconstituição da árvore genealógica. Nesse sentido, a ficção de Maryse Condé intervém na vida de Tituba. Cria uma origem, uma história para ela.

Fala inventiva, em que a dor da personagem chega a ser quase redimida pelo exercício da linguagem poética da escritora. Há belíssimas passagens na narrativa construída pelas palavras de Condé, que busca se confundir com a oralidade. Uma estética africana, próxima à de contação de histórias, nutre várias passagens do relato. Como momentos exemplares cito estes:

"O amanhã que nos espera tem o sorriso dos recém-nascidos!"

"[...] eu sei por que há tanto sofrimento, por que os olhos de nossos negros e negras são brilhantes de água e sal. Mas eu também sei que tudo terá fim."

A ficção tudo pode. Maryse Condé, ao imaginar uma história para Tituba, agiu como as pessoas que se comportam em relação aos acontecimentos de Salem. Criaram várias histórias, verdades e inventos sobre os fatos:

Falavam. Contavam. Embelezavam. Isso fazia um grande rumor de palavras, tenaz e doce como o mar.

Talvez tenham sido essas palavras que puseram em pé mulheres, homens e crianças. Que os fizeram girar as rodas de pedra da vida.

E, para saber de Tituba, a bruxa negra de Salem, é preciso acompanhar quem sabe lidar com a alquimia das palavras. Maryse Condé tem as fórmulas, as poções mágicas da escrita.

EU, TITUBA: BRUXA NEGRA DE SALEM

NOTA DA EDIÇÃO BRASILEIRA

Nesta edição brasileira foram mantidas as notas originais de rodapé que integram a edição-base de *Moi, Tituba, Sorcière... noire de Salem*, publicada pela Mercure de France em 2017.

Foi feita a correspondência, tanto quanto possível, da grafia de elementos que integram a fauna e a flora de Barbados, citados por Maryse Condé neste livro. Quando não havia correspondente no Brasil para o nome de animal ou planta citado em francês, indicou-se o similar, da mesma espécie, comum aos dois países. Alguns nomes foram criados pela autora; neste caso, mantivemos, sem qualquer destaque gráfico, como no original.

Da mesma forma, palavras estrangeiras à língua portuguesa e à francesa foram grafadas como no original, sem destaque gráfico.

Evitou-se incluir notas explicativas, uma vez que a Editora acredita que a busca pelas informações faz parte da leitura e enriquece o imaginário da leitora ou do leitor deste livro. Nos casos em que a informação não podia ser facilmente recuperável, a tradutora brasileira, Natalia Borges Polesso, criou notas, que integram esta edição em rodapé, identificadas por "[N. T.]".

Tituba e eu vivemos uma estreita intimidade durante um ano. Foi no correr de nossas intermináveis conversas que ela me disse essas coisas que ainda não havia confiado a ninguém.

MARYSE CONDÉ

"Death is a porte whereby we
pass to joye;
Lyfe is a lake that drowneth
all in payne."

JOHN HARRINGTON
(Poeta puritano do século XVI)*

---

* "A morte é um pórtico por onde nós/ passamos à alegria;/ A vida é um lago que afoga/ tudo em dor." [*N. T.*]

I

I.

Abena, minha mãe, foi violentada por um marinheiro inglês no convés do *Christ the King*, num dia de 16**, quando o navio zarpava para Barbados. Dessa agressão nasci. Desse ato de agressão e desprezo.

Quando, longas semanas mais tarde, chegamos ao porto de Bridgetown, ninguém notou a condição de minha mãe. Como ela não tinha mais do que dezesseis anos e como era bonita, com sua tez de um negro azeviche e suas bochechas altas com o desenho sutil das cicatrizes tribais, um rico fazendeiro de nome Darnell Davis a comprou por bastante dinheiro. Junto com ela, ele adquiriu dois homens, axanti também, vítimas das guerras entre fânti e axanti. Ele destinou minha mãe à sua mulher, que estava inconsolável por ter deixado a Inglaterra e cujo estado físico e mental necessitava de cuidados constantes. Pensou que minha mãe saberia cantar para distraí-la, quiçá pudesse dançar e realizar aqueles truques que, acreditava, os negros gostassem de fazer. Destinou os dois homens à sua plantação de cana-de-açúcar, que crescia bem, e a seus campos de tabaco.

Jennifer, a esposa de Darnell Davis, não era muito mais velha que a minha mãe. Casaram-na com esse homem rude, que ela odiava e que a deixava sozinha à noite para ir beber, e que já tinha uma penca de filhos bastardos. Jennifer e minha mãe se tornaram amigas. Afinal, não eram mais que duas crianças assustadas com o rugido dos grandes animais noturnos e com o teatro de sombras dos flamboaiãs, das cabaceiras e das mafumeiras da plantação. Elas dormiam juntas, e minha mãe, com seus dedos, brincava com as longas tranças de sua companheira e contava a ela as histórias que sua mãe havia lhe contado em Akwapim, sua vila natal. Trazia à cabeceira da cama todas as forças da natureza para que a noite fosse conciliadora e para que os bebedores de sangue não as secassem por completo antes do nascer do sol.

Quando Darnell Davis percebeu que minha mãe estava grávida, ficou furioso ao lembrar quantas boas libras esterlinas tinha gasto com sua aquisição. Agora teria sob sua tutela uma mulher doente que não serviria para nada. Ele se recusou a ceder às súplicas de Jennifer e, para punir minha mãe, deu-a a um dos axanti que tinha comprado junto com ela, Yao. Além disso, ele a proibiu de pôr os pés na Casa-Grande. Yao era um jovem guerreiro que não se resignou a plantar cana, cortá-la e arrastá-la ao moinho. Também, por duas vezes, ele tentou se matar mascando raízes venenosas. Salvaram-no. Por pouco não morreu. E o trouxeram de volta a uma vida que ele odiava. Darnell esperava que, dando a ele uma companheira, também estaria lhe dando o gosto pela vida, e assim Yao voltaria às suas tarefas. Que mal inspirado estava naquela manhã de junho de 16**, quando foi ao mercado de escravos de Bridgetown! Um dos homens estava morto. O outro era um suicida. E Abena estava grávida!

Minha mãe entrou na cabana de Yao um pouco antes da hora da refeição da noite. Ele estava deitado na cama, deprimido demais para cogitar comer qualquer coisa, muito pouco curioso com essa mulher, cuja vinda lhe foi anunciada. Quando Abena apareceu, ele se apoiou sobre um dos cotovelos e murmurou:

— Akwaba![1]

Depois ele a reconheceu e exclamou:

— É você.

Abena se verteu em lágrimas. Tempestades demais se acumularam ao longo de sua curta vida: seu vilarejo incendiado, seus pais estripados ao tentar se defender, sua violação e, agora, a separação brutal de um ser tão doce e tão desesperado quanto ela mesma.

Yao se levantou, e sua cabeça tocou o teto da cabana, pois esse negro era tão alto quanto uma laranjeira-do-mato.

— Não chore. Não vou te tocar. Não vou te fazer mal algum. Acaso não falamos a mesma língua? Não adoramos o mesmo deus?

Então ele baixou os olhos até o ventre da minha mãe:

— É o filho do senhor, não é?

As lágrimas, ainda mais quentes, de vergonha e de dor, brotavam dos olhos de Abena:

— Não, não! Mas ainda assim é o filho de um branco.

Enquanto ela estava lá, na frente dele, cabeça baixa, uma imensa e doce compaixão preencheu o coração de Yao. A ele pareceu que a humilhação dessa criança simbolizava aquela de todo seu povo, derrotado, disperso, leiloado. Ele secava as lágrimas que escorriam dos olhos dela.

— Não chore. A partir de hoje, seu filho é o meu filho. Ouviu? E que se cuide aquele que disser o contrário.

Ela não parou de chorar. Então ele ergueu a cabeça e perguntou:

— Conhece a história do pássaro que ria das folhas da palmeira?

Minha mãe esboça um sorriso:

— Como é que eu não ia conhecer? Quando eu era pequena, essa era a minha história favorita. A mãe da minha mãe me contava todas as noites.

— A minha também... e aquela do macaco que queria ser o rei dos animais? E subiu no topo de uma figueira-brava para que todos se cur-

---

1. Bem-vinda.

vassem diante dele. Mas um galho quebrou e ele foi ao chão, de bunda na poeira...

Minha mãe ri. Há muitos meses não ria. Yao pega a trouxa que ela tem nas mãos e a deposita em um canto da cabana. Depois ele se desculpa:

— Está tudo sujo aqui, porque eu não tinha vontade de viver. Para mim, era como uma poça de água suja que a gente quer evitar. Agora que você está aqui tudo é diferente.

Eles passam a noite nos braços um do outro, como irmão e irmã, melhor, como pai e filha, carinhosos e castos. Uma semana se passou até que fizessem amor.

Quando nasci, quatro meses mais tarde, Yao e minha mãe conheceram a felicidade. A triste felicidade dos escravizados, incerta e ameaçada, feita de farelos quase impalpáveis! Às seis horas da manhã, com sua faca nas costas, Yao partia aos campos e tomava seu lugar na longa fila de homens esfarrapados, arrastando os pés ao longo das trilhas. Durante esse tempo, minha mãe cultivava, em seu pedaço de terra, tomates, quiabos ou outros legumes, cozinhava e dava de comer a uma galinha magricela. Às seis horas da noite, os homens voltavam e as mulheres se ocupavam deles.

Minha mãe chorava, porque eu não era um menino. Parecia que o destino das mulheres era ainda mais doloroso que o dos homens. Para que se libertassem de sua condição, elas não deveriam passar pelas vontades dos homens que as mantinham em escravidão e deitar na cama deles? Yao, ao contrário, ficou contente. Ele me pegou com suas grandes mãos ossudas e besuntou minha testa com sangue fresco de uma galinha depois de ter enterrado a placenta da minha mãe debaixo de uma mafumeira. Em seguida, me segurando pelos pés, apresentou meu corpo aos quatro cantos do horizonte. Foi ele quem me deu o meu nome: Tituba. Ti-Tu-Ba.

Não era um nome axanti. Sem dúvida, Yao, ao inventá-lo, queria provar que eu era filha de sua vontade e de sua imaginação. Filha do seu amor.

Os primeiros anos da minha vida se passaram sem histórias. Eu era um bebê bonito, rechonchudo, pois o leite da minha mãe me fazia bem. Depois aprendi a falar e a andar. Descobri o triste e, ao mesmo tempo, esplêndido universo ao meu redor. As cabanas de barro seco, escuras contra o céu desmedido, os adornos involuntários das plantas e das árvores, o mar e sua áspera canção de liberdade. Yao virou meu rosto na direção do mar e murmurou no meu ouvido:

— Um dia, nós seremos livres e voaremos com nossas próprias asas até nosso país de origem.

Depois ele me esfregou o corpo com um punhado de algas secas para evitar a bouba.

Na verdade, Yao tinha duas filhas, minha mãe e eu. Pois, para minha mãe, ele era muito mais do que um amante, era um pai, um salvador, um refúgio!

Quando foi que descobri que minha mãe não me amava mais?

Acho que quando eu cheguei aos cinco ou seis anos de idade. Embora tivesse me saído bem em crescer mal, isto é, ter a tez meio avermelhada e os cabelos completamente crespos, eu não cessava de lembrá-la do branco que a tinha possuído no convés do *Christ the King*, no meio de um círculo de marinheiros, observadores obscenos. Eu a lembrava a todo instante de sua dor e humilhação. Então, quando me aconchegava carinhosamente nela, do jeito que as crianças gostam de fazer, ela me repelia inevitavelmente. Quando colocava meus braços ao redor do seu pescoço, ela tinha pressa em se desvencilhar. Ela só obedecia aos comandos de Yao:

— Coloque-a sobre seus joelhos. Beije. Faça carinho nela.

No entanto, eu não sofria dessa falta de afeto, pois Yao me amava por dois. Minha mão pequena junto da sua mão dura e áspera. Meu pé minúsculo na pegada do seu pé enorme. Minha testa na curva do seu pescoço.

A vida tinha um tipo de doçura. Apesar das proibições de Darnell, à noite, os homens montavam em cima dos tambores e as mulheres erguiam os trapos sobre as pernas cintilantes. E dançavam!

Muitas vezes, no entanto, assisti a cenas de brutalidade e tortura. Homens que voltavam ensanguentados, o peito e as costas cobertas de listras escarlates. Um deles morreu diante dos meus olhos, enquanto vomitava uma baba púrpura. Enterraram-no ao pé de uma mafumeira. Depois nos alegramos, pois aquele ao menos estava entregue e tomaria o caminho de volta.

A maternidade e, sobretudo, o amor de Yao tinham transformado a minha mãe. Ela era agora uma jovem mulher, branda e rosada, como a flor da cana-de-açúcar. Usava na cabeça um lenço branco, debaixo do qual seus olhos brilhavam. Um dia, ela me pegou pela mão para irmos procurar buracos de inhame num canteiro de terra que o senhor havia concedido aos escravizados. Uma brisa soprava as nuvens para o mar e o céu, lavado, era de um azul suave. Barbados, meu país, é uma ilha plana. Só tem algumas colinas aqui e ali.

Nós seguíamos por uma trilha que serpenteava entre as ervas-de-guiné, quando de repente ouvimos um barulho de vozes irritadas. Era Darnell, que destratava um capataz. Ao ver minha mãe, sua expressão mudou radicalmente. Surpresa e alegria brigavam em sua face, e ele exclamou:

— É você, Abena? Mas que bom, o marido que eu te dei te transformou numa maravilha! Venha cá!

Minha mãe recuou de forma tão brusca que o cesto contendo um facão e uma cabaça de água, que trazia em equilíbrio sobre a cabeça, caiu. A cabaça se quebrou em três pedaços, espalhando seu conteúdo na relva. O facão caiu na terra, congelado e mortal, e o cesto se pôs a rolar pela trilha, como se quisesse fugir do drama que se instalaria. Apavorada, eu me lancei em sua busca e acabei por pegá-lo.

Quando voltei para perto da minha mãe, ela se detinha, ofegante, as costas contra uma cabaceira. Darnell estava parado em pé, a menos de um metro de onde ela estava. A camisa dele estava no chão e a calça estava aberta, revelando a brancura de suas roupas íntimas. A mão esquerda procurava algo bem na altura de seu sexo. Minha mãe berrou, virando a cabeça na minha direção:

— O facão! Me dá o facão!

Eu obedeci tão rápido quanto pude, segurando a enorme lâmina com minhas mãos frágeis. Minha mãe bateu duas vezes. Lentamente, a camisa de linho branco se tornou escarlate.

Enforcaram minha mãe.

Vi seu corpo girar nos galhos baixos de uma mafumeira.

Ela havia cometido o crime sem perdão. Tinha golpeado um branco. Ainda que não o tivesse matado. Em sua fúria desajeitada, apenas conseguiu cortar seu ombro.

Enforcaram minha mãe.

Todos os escravizados foram convidados para sua execução. Quando, de nuca quebrada, ela entregou sua alma, um canto de revolta e de ira se ergueu de todos os peitos que os capatazes fizeram calar com grandes golpes de chicote. Eu, refugiada na saia de uma mulher, senti se endurecer em mim, como lava, um sentimento que não me abandonaria nunca mais, um misto de terror e de luto.

Enforcaram minha mãe.

Quando seu corpo girou no vazio, apenas tive forças para me afastar com passos pequenos, agachar e vomitar sem parar sobre a relva.

Para punir Yao pelo crime de sua companheira, Darnell o vendeu a um fazendeiro de nome John Inglewood que vivia do outro lado dos montes de Hillaby. Yao jamais chegou a esse destino. No caminho, ele conseguiu se matar engolindo a própria língua.

Quanto a mim, aos sete anos apenas, fui expulsa da plantação por Darnell. Eu poderia ter morrido, se a solidariedade entre as pessoas escravizadas, que raramente se eximiam de algo, não tivesse me salvado.

Uma velha me acolheu. Parecia corajosa, pois havia visto morrer torturados seu companheiro e seus dois filhos, acusados de fomentar uma revolta. Na verdade, ela só tinha os pés sobre a nossa terra e vivia constantemente na companhia deles, cultivara o extremo dom de se comunicar com os invisíveis. Não era uma axanti como minha mãe e Yao, mas uma nagô, da costa, cujo nome, Yetunde, sofrera uma transformação para o crioulo, Man Yaya. As pessoas tinham medo dela. Mas vinham de longe para vê-la por causa do seu poder.

Ela começou me dando um banho, no qual boiavam raízes fétidas, e deixando a água escorrer pelos meus membros. Em seguida, ela me fez beber uma poção que ela mesma tinha criado e amarrou ao redor do meu pescoço um colar feito de pequenas pedras vermelhas.

— Você vai sofrer na vida. Muito. Muito. — Essas palavras, que me mergulhavam num terror, eram pronunciadas com calma, quase sorrindo. — Mas você vai sobreviver!

Aquilo não me consolava! No entanto, uma autoridade se desprendia da pessoa arqueada e enrugada de Man Yaya, contra a qual eu não ousava protestar.

Man Yaya me ensinou sobre as plantas.

Aquelas que davam sono. Aquelas que curavam feridas e úlceras.

Aquelas que faziam os ladrões confessarem.

Aquelas que acalmavam os epiléticos e os mergulhavam em um repouso deleitoso. Aquelas que punham sobre os lábios dos furiosos, dos desesperados e dos suicidas palavras de esperança.

Man Yaya me ensinou a escutar o vento quando ele aumentava e a medir sua força debaixo das cabanas que ele queria destruir.

Man Yaya me ensinou sobre o mar. As montanhas e as colinas.

Ela me ensinou que tudo vive, que tudo tem uma alma, um sopro. Que tudo deve ser respeitado. Que o homem não é um senhor percorrendo a cavalo seu reino.

Um dia, no meio da tarde, adormeci. Era o tempo da Quaresma. Fazia um calor abrasador e, manejando a enxada ou o facão, os escravizados entoavam um canto abatido. Vi minha mãe, não uma boneca de pano dolente e desarticulada, girando no meio da folhagem, mas a vi cheia das cores do amor de Yao. E gritei:

— Mamãe!

Ela veio me pegar no colo. Deus! Como seus lábios eram doces.

— Me perdoe por ter acreditado que eu não te amava. Agora vejo isso claramente em mim e não vou te deixar nunca mais.

Eu gritava, com uma alegria desesperada!

— Yao! Onde está Yao?

Ela se vira:

— Ele também está aqui!

E Yao aparece para mim.

Eu corri para contar esse sonho à Man Yaya, que descascava as raízes da janta. Ela tinha um sorriso astuto.

— Acredita então que foi um sonho?

Fiquei sem resposta.

Dali em diante, Man Yaya me iniciou em um conhecimento mais profundo.

Os mortos só morrem se morrerem também em nosso coração. Eles vivem se nós os cultuamos, se honramos suas memórias, se colocamos sobre seu túmulo as mesmas comidas que eram de sua preferência quando estavam vivos, se em intervalos regulares nos recolhemos para comungar em sua memória. Eles estão aqui, em tudo ao nosso redor, ávidos por atenção, ávidos por afeto. Algumas palavras bastam para trazer seu corpo invisível junto ao nosso, impaciente para ser útil.

Mas cuidado com quem irrita, pois eles não perdoam jamais e perseguem com ira implacável aqueles que os ofenderam, mesmo que por inadvertência. Man Yaya me ensinou preces, cantilenas, gestos propiciatórios. Ela me ensinou a me transformar em pássaro no galho, inseto sobre a relva seca, em sapo coaxando no barro do rio Ormonde, quando eu queria me desprender da forma que tinha recebido ao nascer. Ela me ensinou principalmente sobre os sacrifícios. O sangue e o leite, líquidos essenciais. Mas, ai de mim!, pouco depois do meu aniversário de catorze anos, seu corpo sofreu a lei da espécie. Eu não chorei quando dei seu corpo à terra. Eu sabia que não estava sozinha e que três sombras se revezavam ao meu redor em vigília.

Foi também nessa época que Darnell vendeu a plantação. Alguns anos antes, sua mulher, Jennifer, morrera ao lhe dar um filho, um bebê fraco, de pele pálida, que tremia de febre periodicamente. Apesar do leite que uma escrava lhe dava em abundância, forçada a abandonar o próprio filho, o bebê parecia estar marcado para o túmulo. O instinto paternal de Darnell despertou por sua única prole de raça branca, e ele decidiu retornar à Inglaterra para tentar curá-lo.

O novo senhor, numa prática pouco comum, comprou a terra sem as pessoas escravizadas. Com os pés acorrentados e uma corda ao redor do pescoço, eles foram então levados a Bridgetown para encontrar comprador e, em seguida, foram espalhados aos quatro ventos pela ilha, pais separados dos filhos, mães separadas das filhas. Como eu não pertencia mais a Darnell e parasitava a plantação, não participei do triste cortejo que tomou o caminho do mercado de leilões. Eu sabia de um canto às margens do rio Ormonde, aonde ninguém jamais ia, porque a terra lá era pantanosa e pouco propícia para o cultivo da cana. Construí sozinha, com a força dos meus punhos, uma cabana que consegui empoleirar sobre estacas. Pacientemente, cerquei um pedaço de terra e delimitei um jardim, onde logo cresceriam toda sorte de plantas que eu pudesse enfiar na terra para os meus rituais, respeitando as vontades do sol e do ar.

Hoje, percebo que esses foram os momentos mais felizes da minha vida. Eu nunca estava sozinha, porque meus invisíveis estavam ao meu redor, sem jamais, no entanto, me oprimir com sua presença.

Man Yaya me deu um último conselho sobre seus ensinamentos, que dizia respeito às plantas. Sob sua orientação, ensaiei cruzamentos difíceis, misturando passiflora com ameixa, cajá-manga venenosa com jujube e azaleia-das-azaleias com persulfúrico. Elaborei drogas e poções que eu tonificava com encantamentos.

À noite, o céu violeta de Pile se estendia sobre minha cabeça como um grande lenço contra o qual as estrelas vinham cintilar uma a uma. De manhã, o sol colocava sua mão em corneta sobre a boca e me convidava a passear com ele.

Eu estava longe dos homens e, principalmente, dos homens brancos. Eu era feliz. Pobre de mim!, tudo isso mudaria!

Um dia, um grande vento derrubou o galinheiro onde eu criava aves e tive que sair à procura das minhas galinhas e do meu belo galo de pescoço escarlate, me forçando a ir bem além dos limites de onde eu tinha me estabelecido.

Em uma encruzilhada, encontrei escravizados guiando uma carroça de cana ao moinho. Triste espetáculo! Rostos magros, trapos da cor do barro, membros descarnados, cabelos avermelhados por má nutrição. Um menino de dez anos ajudava o pai a conduzir a canga, sombrio, fechado como um adulto que não tem fé em nada.

Ao me ver, todo mundo pulou na grama de forma ágil e se ajoelhou enquanto uma meia dúzia de pares de olhos respeitosos e amedrontados se ergueu na minha direção. Fiquei chocada. Que lendas tinham sido tecidas a meu respeito?

Pareciam ter medo de mim. Por quê? Sendo eu a filha de uma enforcada, reclusa à beira de um lago, não deveriam ter pena de mim? Compreendi que pensavam principalmente na minha ligação com Man Yaya e a temiam. Por quê? Não tinha Man Yaya empregado seu dom para fazer o bem? Sem cessar, e de novo só o bem? Esse terror me parecia uma injustiça. Ah! Era com choro de alegria e desejo de boas-vindas que deveriam me acolher! Era para acabar com os males que eu dava o meu melhor para curar. Fui feita para curar, e não para dar medo. Voltei com tristeza à minha casa, sem pensar mais nas minhas galinhas nem no meu galo, que àquela hora deviam estar saltitando sobre a relva das estradas.

Esse encontro com os meus foi pesado em consequências. Foi a partir desse dia que me reaproximei das plantações para que conhecessem meu verdadeiro rosto. Era preciso que gostassem de Tituba!

Pensar que eu dava medo, eu que só sentia em mim ternura e compaixão! Ah sim! Teria adorado soltar o vento como a um cão no canil, para que ele levasse além do horizonte as brancas Casas-Grandes dos senhores, ou comandar o fogo para que ele erguesse suas chamas e as fizesse brilhar até que a ilha inteira se purificasse, consumida! Mas eu não tinha esse poder. Eu só poderia oferecer consolo.

Pouco a pouco, os escravizados se acostumaram a me ver e vinham para perto de mim, primeiro, timidamente, depois com mais confiança. Assim, entrei nas cabanas e reconfortei os doentes e os moribundos.

2.

— Epa! Você é a Tituba? Não me admira que as pessoas tenham medo de você. Já viu sua cara?

Quem falou comigo desse jeito foi um rapaz mais velho que eu, pois era certo que não devia ter menos do que vinte anos, alto, magricelo, a cor clara e os cabelos curiosamente lisos. Quando quis responder a ele, as palavras voaram para longe como que tomadas de má vontade e nem pude construir a frase. Na minha grande confusão, soltei um tipo de grunhido que lançou meu interlocutor em uma crise de riso, e ele repetiu:

— Não, não me admira que as pessoas tenham medo de você. Você não sabe falar e seu cabelo é uma moita. Mesmo assim, você poderia ser bonita.

Ele se aproximou corajosamente. Se eu estivesse mais acostumada com o contato dos homens, teria descoberto o medo em seus olhos, móveis e avermelhados como os de um coelho. Mas não fui capaz. Eu só fui sensível à bravata de sua voz e de seu sorriso. E consegui finalmente responder:

— Sim, eu sou a Tituba. E você, quem é?

Ele disse:

— Me chamam de John Indien.

Não era lá um nome muito comum, e eu franzi a testa:

— Indien? Veio de "índio"?

Ele tomou um ar lisonjeiro:

— Parece que meu pai foi um dos raros aruaque que os ingleses não conseguiram expulsar. Um colosso de dois metros de altura. Entre os incontáveis bastardos que semeou, me teve de uma nagô que visitava à noite, e aqui estou eu, este filho.

Ele girou de novo em torno de si mesmo dando gargalhadas. Aquele riso me espantou. Então, havia seres felizes nesta terra miserável... Eu balbuciei:

— Você é escravizado?

Ele fez que sim com a cabeça:

— Sim, eu pertenço à senhora Susanna Endicott, que vive lá em Carlisle Bay — ele apontou o mar cintilante no horizonte. — Ela me mandou comprar ovos de legorne no Samuel Watermans.

Eu perguntei:

— Quem é Samuel Watermans?

Ele riu. Mais uma vez aquele riso humano confortável.

— Você não sabe que foi ele que comprou a plantação de Darnell Davis?

Então, se inclinando, ele recolhe um cesto redondo que tinha a seus pés. — Bom, eu tenho que ir agora. Senão vou me atrasar, e a senhora Endicott vai reclamar. Você sabe como as mulheres adoram reclamar! Principalmente, quando começam a ficar velhas e não têm marido.

Toda aquela falação! Minha cabeça girava. Ele se afastou depois de ter acenado com a mão. Não sei o que me deu. Falei com uma entonação que me era totalmente desconhecida:

— Será que te vejo de novo?

Ele me encarou. Eu me pergunto o que foi que ele leu no meu rosto para ter tomado um ar tão vaidoso:

— Domingo à tarde tem um baile em Carlisle Bay. Quer vir? Estarei lá.

Balancei a cabeça convulsivamente.

Voltei devagar até minha cabana. Pela primeira vez, olhei esse lugar que até então me serviu de abrigo, e ele me pareceu sinistro. As tábuas cortadas de modo grosseiro a golpes de machado estavam escurecidas pelas chuvas e pelos ventos. Nem a buganvília gigante, apoiada no lado esquerdo, conseguia deixá-la alegre, mesmo com a cor púrpura de suas flores. Olhei ao meu redor: uma cabaceira retorcida, os caniços. Tremi. Fui até o que restava do galinheiro e peguei uma das poucas galinhas que se mantiveram fiéis a mim. Com mão exímia, eu lhe abri o ventre, deixando o rosa de seu sangue umedecer a terra. Então, chamei gentilmente:

— Man Yaya! Man Yaya!

Ela apareceu bem rápido. Não sob sua forma mortal de mulher velha, mas sob a que tinha assumido na eternidade. Perfumada, ornada com uma coroa de flor de laranjeira. Eu disse ofegante:

— Man Yaya, quero que aquele homem me ame.

Ela balançou cabeça:

— Os homens não amam. Eles possuem. Eles subjugam.

Protestei:

— Yao amava Abena.

— Foi uma das raras exceções.

— Talvez ele também seja!

Ela jogou a cabeça para trás, soltando algum tipo de relincho de incredulidade:

— Dizem que foi um só galo que cobriu metade das galinhas de Carlisle Bay.

— Eu quero que isso acabe.

— É só olhar para saber que ele é um negro oco, cheio de vento e de imprudência — Man Yaya ficou séria, entendendo o tamanho da urgência dos meus olhos. — Bom, vá ao baile de Carlisle Bay para o qual ele te convidou e, astutamente, consiga um pouco do sangue dele num trapo. Traga-me com qualquer coisa que tenha ficado junto da pele dele.

Ela se afastou, não sem que eu pudesse ter notado sua expressão de tristeza. Sem dúvida ela observava o começo do fim da minha vida. Minha vida, rio que não pode ser completamente desviado.

Até então, eu nunca tinha pensado no meu corpo. Eu era bonita? Eu era feia? Eu não sabia. O que ele quis dizer?

"Mesmo assim, você poderia ser bonita."

Mas ele zombou muito de mim. Talvez ele estivesse rindo de mim. Tirei minha roupa, deitei e percorri meu corpo com as mãos. Parecia que os volumes e as curvas eram harmoniosos. Quando cheguei ao meu sexo, de repente, parecia que não era mais só eu, mas John Indien que me acariciava também. Brotada das profundezas do meu corpo, uma maré perfumada inundou minhas coxas. Eu me ouvi gemer à noite.

Foi assim que, contrariando a si mesma, minha mãe gemeu quando o marinheiro a violou? Então, compreendi que ela quis poupar seu corpo de uma segunda humilhação, de uma possessão sem amor, e tentou matar Darnell. O que ele teria dito?

"Seus cabelos estão desgrenhados."

Na manhã seguinte, quando despertei, fui até o rio Ormonde e cortei meus cabelos tão bem quanto pude. Quando as últimas mechas lanosas caíram na água, ouvi um suspiro. Era minha mãe. Eu não a tinha chamado e compreendi que a iminência de um perigo a tinha feito sair do invisível. Ela se queixou:

— Por que as mulheres não conseguem ficar sem os homens? Agora você vai ser arrastada para o outro lado das águas...

Eu fiquei surpresa e a interrompi:

— Do outro lado das águas?

Mas ela não se explicou além daquilo, repetindo num tom aflito:

— Por que as mulheres não conseguem ficar sem os homens?

Tudo aquilo, as reticências de Man Yaya, as lamentações da minha mãe, poderia ter me incitado ter prudência. Mas não. No domingo, fui a Carlisle Bay. Eu havia desenterrado de um baú um vestido indiano malva e uma anágua de percal que devem ter pertencido à minha mãe.

Ao puxá-los, dois objetos caíram no chão. Dois brincos crioulos. Dei uma piscada ao invisível.

A última vez que fui a Bridgetown foi quando minha mãe ainda estava viva. Em quase dez anos, a cidade tinha se desenvolvido consideravelmente e se tornado um importante porto. Uma floresta de mastros obscurecia a baía e vi tremular bandeiras de todas as nacionalidades. As casas de madeira me pareceram graciosas com suas varandas e seu enorme telhado de onde as janelas se abriam todas grandes, como olhos de criança.

Não tive dificuldade para encontrar o endereço do baile, pois se escutava de longe a música. Se eu tivesse qualquer noção de tempo, saberia que era época de Carnaval, único momento do ano em que os escravizados tinham liberdade para se distrair como bem quisessem. Então, eles vieram correndo de todos os cantos da ilha para tentar esquecer que não eram mais humanos. Me observavam, e eu ouvia alguns cochichos:

— De onde ela saiu?

Visivelmente, não ocorreu a ninguém fazer a ligação entre a jovem elegante que viam e Tituba, meio mística, cujos feitos eram contados de plantação em plantação.

John Indien dançava com uma antilhana com pele clara e traços africanos — um tipo conhecido como *chabine* —, alta, que usava um turbante típico, o *madras calendé*. Ele abandonou-a de súbito no meio da pista e veio até mim, estrelas plenas em seus olhos, que lembravam os do ancestral aruaque. Ele ri:

— É você? É você mesma?

Depois ele me arrastou:

— Vem, vem!

Eu resisti:

— Não sei dançar.

Ele deu outra gargalhada. Meu Deus, como aquele homem sabia rir. E a cada nota que fugia de sua garganta, uma tranca do meu coração se soltava.

— Uma negra que não sabe dançar? Onde já se viu?

Logo, fizeram um círculo ao nosso redor. Asas brotaram nos meus calcanhares, nos meus tornozelos. Minhas ancas e minha cintura estavam soltas! Uma misteriosa serpente havia entrado em mim. Era essa a serpente primordial sobre a qual Man Yaya tinha me contado tantas vezes, figura do deus criador de todas as coisas da superfície da terra? Era ela que me fazia vibrar?

Às vezes, a *chabine* alta de *madras calendé* tentava interpor sua figura entre John Indien e eu. Nós nem notávamos. A certa altura, quando John Indien secava a testa com um grande lenço trançado de Pondicherry, relembrei as palavras de Man Yaya: "Um pouco do sangue dele. Alguma coisa que tenha ficado em contato com seu corpo."

Eu tive um instante de euforia. Era realmente necessário, porque ele parecia "naturalmente" seduzido. Depois, tive a intuição de que o essencial não é tanto seduzir um homem, mas guardá-lo, e que John Indien devia pertencer à espécie facilmente seduzida que ri de todo compromisso duradouro. Então obedeci à Man Yaya.

Enquanto, astutamente, eu surrupiava seu lenço também lhe arranhei o mindinho, e ele exclamou:

— Ai! O que é que você fez, sua bruxa?

Ele disse por brincadeira. Mesmo assim, aquela palavra me assombrou.

O que é uma bruxa?

Percebi que em sua boca a palavra estava manchada de degradação. Como é isso? Como? A faculdade de se comunicar com os invisíveis, de manter um laço constante com os finados, de cuidar, de curar, não era uma graça superior da natureza a inspirar respeito, admiração e gratidão? Por consequência, a bruxa, se desejam assim nomear aquela que possui essa graça, não deveria ser adulada e reverenciada em vez de temida?

Toda essa reflexão me deixou pesada, saí do salão depois de uma última polca. Ocupado demais, John Indien não percebeu minha partida.

Lá fora, o cordão preto da noite circundava o pescoço da ilha a cortá-lo. Sem vento. As árvores estavam imóveis, como estacas. Eu me lembrei da queixa da minha mãe:

— Por que as mulheres não conseguem ficar sem os homens?

Sim, por quê?

— Eu não sou um negro do mato, um negro maroon. Eu jamais moraria naquela gaiola de coelho que você tem lá para cima no meio do mato. Se quer viver comigo, tem que vir para minha casa em Bridgetown!

— Sua casa? — Eu ri ironicamente, acrescentando: — Um escravizado não tem "minha casa"! Você não pertence a Susanna Endicott, por acaso?

Ele parecia insatisfeito:

— Sim, eu pertenço à senhora Susanna Endicott, mas ela é boa...

Eu o interrompi:

— Como uma senhora pode ser boa? Pode o escravizado gostar de seu dono?

Ele fingiu não ter escutado aquela interrupção e seguiu:

— Eu tenho a minha cabana atrás da casa da senhora Susanna e a fiz como bem quis. — Ele pegou a minha mão: — Tituba, sabe o que dizem sobre você? Que você é uma bruxa...

De novo essa palavra!

— ... eu quero provar a todos que isso não é verdade e ter você como companheira diante deles. Nós iremos à igreja juntos, eu te ensinarei as preces...

Eu devia ter fugido, não é? Mas, ao invés disso, fiquei, passiva e suplicante.

— Você sabe as preces?

Sacudi a cabeça:

— Como o mundo foi criado no sétimo dia? Como nosso pai Adão foi expulso do paraíso terrestre por culpa da nossa mãe Eva...

Que história estranha ele me contava? Mesmo assim, não fui capaz de protestar. Puxei minha mão e lhe dei as costas. Ele soprou no meu pescoço.

— Tituba, você não me quer?

Essa foi a desgraça. Eu queria aquele homem como jamais quis alguém. Eu desejava seu amor como jamais desejei algum amor. Nem mesmo o da minha mãe. Eu queria que ele me tocasse. Queria que ele me acariciasse. Eu estava apenas esperando o momento em que ele me tomaria e as comportas do meu corpo se abririam, liberando as águas do prazer.

Ele continuou sussurrando contra a minha pele:

— Não quer viver comigo desde a hora em que os galos estúpidos se eriçam no quintal até a hora em que o sol se afoga no mar e depois, quando começam as horas mais quentes?

Eu tive a força de me erguer:

— É uma coisa séria isso que você me pergunta. Me deixa pensar por oito dias, eu trarei minha resposta aqui mesmo.

Com raiva, ele pegou seu chapéu de palha. O que tinha, então, esse John Indien para que eu estivesse tão doente por ele? Não era muito grande, era médio, com seu um metro e setenta, não muito forte, nem feio nem bonito. Dentes esplêndidos, olhos cheios de fogo! Devo confessar que, ao me fazer essa pergunta, fui totalmente hipócrita. Eu sabia bem onde residia sua principal vantagem e não ousei olhar, abaixo do cordão de juta que segurava suas calças konoko[2] de lona branca, a colina monumental de seu sexo.

Eu disse:

— Até domingo, então.

Logo que cheguei em casa, chamei Man Yaya, que não tardou em me escutar e apareceu, com a cara franzida:

— O que você quer agora? Não está contente? Agora que ele te propôs de ficar com ele...

Eu falei bem baixo:

— Você bem sabe que não quero voltar ao mundo dos brancos.

---

2. Calças curtas e apertadas usadas por escravos.

— Será necessário que você passe por lá.

— Por quê?

Eu quase berrei:

— Por quê? Você não pode trazer ele aqui? Isso quer dizer que seus poderes são limitados?

Ela não ficou brava e me olhou com uma comiseração muito terna:

— Eu sempre te disse. O universo tem suas regras com as quais não posso mexer inteiramente. Senão, eu destruiria esse mundo e reconstruiria um outro onde os nossos seriam livres. Livres para, por sua vez, subjugar os brancos. Mas ai de mim! Eu não posso.

Eu não encontrei nada para replicar, e Man Yaya desapareceu como veio, deixando para trás aquele perfume de eucalipto que indica a passagem de um invisível.

Sozinha, acendi o fogo entre quatro pedras, enchi meu canari[3] e joguei na água uma pimenta e um pedaço de porco salgado para fazer um cozido. Porém, não tinha a menor vontade de comer.

Minha mãe fora violada por um branco. Enforcada por causa de um branco. Eu vi sua língua apontar para fora da boca, pênis túrgido e violáceo. Meu pai adotivo se suicidou por causa de um branco. E apesar de tudo, eu pensava em recomeçar a vida entre eles, em seu seio, debaixo de seu pulso. Tudo isso pelo gosto desenfreado de um mortal. Não era loucura? Loucura e traição?

Lutei contra mim mesma naquela noite e ainda por sete noites e sete dias. No fim das contas, dei-me por vencida. Eu não desejo a ninguém viver os tormentos pelos quais passei. Remorso. Vergonha de mim. Pânico.

No domingo seguinte, coloquei em uma cesta caribenha alguns vestidos da minha mãe e três anáguas. Com um pedaço de pau, fechei a porta da minha cabana. Soltei meus bichos. As garnisés e as pintadas, que tinham me alimentado com seus ovos. A vaca, que tinha me dado

---

3. Panela de barro.

seu leite. O porco que engordava há um ano sem eu nunca ter coragem de matar.

Murmurei uma prece interminável pela intenção dos residentes daquele lugar que eu abandonava.

Depois tomei o caminho de Carlisle Bay.

3.

Susanna Endicott era uma mulher pequena, de uns cinquenta anos, os cabelos grisalhos, partidos ao meio e presos em um coque tão apertado que a pele das suas têmporas esticava para trás. Em seus olhos, cor da água do mar, eu podia ler toda a repulsa que tinha de mim. Ela me fitava como um objeto nojento:

— Tituba? De onde saiu esse nome?

Eu disse friamente:

— Foi meu pai que me deu.

Ela ficou roxa:

— Baixe os olhos quando falar comigo.

Obedeci pelo amor a John Indien. Ela continuou:

— Você é cristã?

Jonh Indien se apressou em intervir:

— Eu vou ensinar as preces a ela, senhora. E vou conversar com o cura da paróquia de Bridgetown para que ela receba o santo batismo o quanto antes.

47

Susanna Endicott me fitou novamente:

— Você vai limpar a casa. Uma vez por semana, vai esfregar o chão. Vai lavar e passar os lençóis. Mas não vai se ocupar da comida. Cozinharei eu mesma, porque não suporto que vocês negros toquem nos meus alimentos com suas mãos de interior descolorido e ceroso.

Olhei minhas palmas. Minhas palmas, cinza e rosadas como uma concha marinha.

Enquanto John Indien saudava aquelas frases com grandes gargalhadas, eu ficava atordoada. Ninguém jamais tinha falado comigo daquele jeito, me humilhando daquele jeito.

— Vão, agora!

John se pôs a saltitar de um pé para o outro e tomou um ar choroso, cálido e humilde, tudo ao mesmo tempo, como uma criança que pede um favor.

— Senhora, quando um negro se decide escolher uma mulher, será que ele não merece dois dias de repouso? Hein, senhora?

Susanna Endicott cuspiu, e agora seus olhos tinham a cor do mar num dia de muito vento:

— Que bela mulher você escolheu, queira o céu que você não se arrependa!

John deu uma gargalhada de novo, deixando escapar em duas notas perfeitas:

— Queira o céu! Queira o céu!

Susanna Endicott subitamente se abrandou:

— Suma e reapareça aqui só na terça.

John insistiu do mesmo jeito cômico e caricatural:

— Dois dias, senhora! Dois dias!

Ela cedeu:

— Bem, você ganhou! Como sempre. Apareça na quarta. Mas não se esqueça de que é dia de postagem.

Ele diz orgulhoso:

— Eu alguma vez esqueci?

Então ele se jogou no chão para agarrar sua mão e beijá-la. Em vez de permitir que ele o fizesse, ela lhe dá um tapa na cara.

— Se afaste, seu preto!

Todo o meu sangue fervia dentro do meu corpo. John Indien, que sabia o que eu estava sentindo, se apressou em me deter quando a voz de Susanna nos pregou no chão:

— Bom, Tituba, você não vai me agradecer?

John apertou meus dedos como se fosse moê-los. Consegui articular:

— Obrigada, senhora.

Susanna Endicott era a viúva de um rico fazendeiro, um dos primeiros a aprender com os holandeses a arte de extrair o açúcar da cana. Quando seu marido morreu, ela vendera a plantação e libertara todos os escravizados, porque, por um paradoxo que não compreendo, ela odiava os negros, ela, mas também era ferozmente contra a escravidão. Só tinha mantido John Indien por perto porque o viu nascer. Sua bela e vasta propriedade em Carlisle Bay se estendia por um parque cheio de árvores, no fundo do qual se erguia a cabana, bastante elegante, é verdade, de John Indien. Ela era feita de vime trançado com barro caiado e se notava uma pequena varanda de estacas de onde se pendurava uma rede.

John Indien fechou a porta com uma taramela de madeira e me tomou em seus braços, murmurando:

— O dever de um escravizado é sobreviver. Escutou? Sobreviver.

Essas palavras me lembraram Man Yaya, e lágrimas começaram a escorrer pelo meu rosto. John Indien secou uma a uma, perseguindo os filetes salgados até o interior da minha boca. Eu arfei. A dor, a vergonha que eu sentia por seu comportamento perante Susanna Endicott não desapareceram, mas se tornaram um tipo de raiva que só aumentou meu desejo por ele. Mordi sua nuca, selvagemente. Ele gargalhou seu belo riso e exclamou:

— Vem, minha potranca, que eu te domo.

Ele me ergueu do chão e me levou para o quarto, plantada, fortaleza inesperada e barroca, com uma cama de dossel. Estar naquela cama, que ele certamente tinha ganhado de Susanna Endicott, multiplicou minha fúria, e nossos primeiros momentos de amor pareceram uma luta.

Esperei muito por esse momento. E me realizei.

Quando, cansada, me virei para o lado em busca do sono, ouvi um suspiro amargo. Sem dúvida era minha mãe, mas eu me recusava a falar com ela.

Aqueles dois dias foram um encantamento. Nem autoritário nem rabugento, John Indien estava acostumado a fazer tudo ele mesmo e me tratou como uma deusa. Foi ele quem amassou o pão de milho, preparou o cozido, cortou em fatias os abacates, as goiabas de polpa rosa e os papaias com um leve sabor apodrecido. Ele me serviu na cama, numa cumbuca, com uma colher que ele mesmo tinha esculpido e decorado com motivos triangulares. Ele se fez um contador de histórias em meio a um círculo imaginário.

— Tum, tum, madeira seca! A Corte dorme?*

Ele desfez meus cabelos e os penteou à sua maneira. Esfregou meu corpo com óleo de coco, perfumado de ilangue-ilangue.

Mas esses dois dias não duraram mais do que dois dias. Nem uma hora a mais. Na manhã de quarta-feira, Susanna Endicott bateu à porta e nós ouvimos sua voz de megera:

— John Indien, você se lembra de que hoje é dia de postagem? Você está aí esquentando sua mulher!

John pulou da cama.

Já eu me vesti mais lentamente. Quando cheguei à casa, Susanna Endicott tomava seu café da manhã na cozinha. Uma tigela de mingau e uma fatia de pão preto. Ela me indicou um objeto circular, fixo na parede, e perguntou:

— Você sabe ver as horas?

---

* Do original *"Tim tim, bois sèche! La Cour dort?"*, modo de começar uma história (como "Era uma vez...") ou jogo de adivinhação caribenho, típico de Guadalupe, terra natal de Condé. [*N. T.*]

— As horas?

— Sim, miserável, isso é um relógio. E tem que começar seu trabalho às seis horas toda manhã.

Depois ela me mostrou um balde e um esfregão:

— Ao trabalho!

A mansão contava com doze cômodos, mais um sótão, em que havia malas de couro com roupas do falecido Joseph Endicott. Aparentemente, aquele homem gostava de um bom tecido.

Quando, vacilante de exaustão, com o vestido sujo e encharcado, desci mais uma vez, Susanna Endicott tomava o chá com suas amigas, uma meia dúzia de mulheres parecidas com ela, pele cor de leite estragado, cabelos presos para trás e as pontas do xale amarradas na cintura. Elas me encararam com desânimo em seus olhos multicoloridos:

— De onde ela saiu?

Susanna Endicott falou em tom de solenidade satírica:

— É a companheira de John Indien!

As mulheres fizeram a mesma exclamação, e uma delas protestou:

— Debaixo do seu teto! Eu acho, Susanna Endicott, que você deu liberdade demais a esse rapaz. Não esqueça que ele é um negro!

Susanna Endicott deu de ombros de maneira indulgente:

— Bem, eu prefiro que ele tenha o que precisa em casa em vez de correr pelo país ficando fraco de tanto verter sua semente!

— Ao menos ela é cristã?

— John Indien vai ensiná-la a rezar.

— E você vai casar esses dois?

O que me deixava mais estupefata e revoltada não era tanto as palavras que diziam, mas a maneira como as diziam. Parecia que eu não estava lá, em pé, na entrada da sala. Falavam de mim e ao mesmo tempo me ignoravam. Elas me riscaram do mapa dos humanos. Eu era ausência. Um invisível. Mais invisível que os invisíveis, pois eles ao menos detinham um poder que todos temiam. Tituba, Tituba não tinha mais que a realidade que aquelas mulheres queriam lhe conceder.

Era atroz.

Tituba se tornava feia, grosseira, inferior, porque elas assim tinham decidido. Eu saí para o jardim e fiquei ouvindo seus comentários que provavam, enquanto fingiam me ignorar, o quanto tinham me examinado de cima a baixo:

— Ela te deu uma olhada com sangue nos olhos. Olhos de bruxa, Susanna Endicott, seja prudente.

Eu voltei à minha cabana e, esgotada, me sentei na varanda.

Dali a pouco, ouvi um suspiro. Era minha mãe de novo. Dessa vez, me virei para ela e disse com ferocidade:

— Será que você não conheceu o amor quando estava sobre esta terra?

Ela balançou a cabeça.

— A mim ele não degradou. Ao contrário. O amor de Yao me devolveu o respeito e a fé em mim mesma.

Então, ela se encolheu triste ao pé de um arbusto de rosas caienas. Permaneci imóvel. Eu não tinha gesto algum a fazer. Levantar, pegar minha trouxa franzina, fechar a porta atrás de mim e tomar de volta o caminho do rio Ormonde. Ai de mim! Não posso mais fazer isso.

As pessoas escravizadas que desciam dos navios negreiros em grandes lotes e que toda a boa sociedade de Bridgetown se juntava para observar e zombar da marcha, dos traços e da postura eram bem mais livres que eu. Porque elas não tinham escolhido as correntes. Não tinham caminhado, por sua própria vontade até o mar, suntuoso e despedaçado, para se entregar aos traficantes e oferecerem suas costas para marcar.

Era isso o que eu tinha feito.

— Creio em Deus, Pai Todo-Poderoso, Criador do Céu e da Terra, e em Jesus Cristo, seu único filho, Nosso Senhor...

Eu balançava a cabeça freneticamente:

— John Indien, não posso repetir isso!

— Repete, meu amor! O que importa para um escravizado é sobreviver. Repete, minha rainha. Acha que por acaso eu acredito nessa história de Santíssima Trindade? Um só Deus em três pessoas distintas? Mas isso não tem importância. Basta fingir. Repete!

— Eu não consigo!

— Repete, meu amor, minha potra de crina em folhagem. O que importa não é que sejamos nós dois nessa grande cama, como uma jangada nas corredeiras?

— Eu não sei! Eu não sei mais!

— Eu te garanto, meu amor, minha rainha, que é só isso que conta. Então repete comigo!

John Indien juntou minhas mãos com força e eu repeti com ele.

"Creio em Deus, Pai Todo-Poderoso, Criador do Céu e da Terra..."

Mas essas palavras não significavam nada para mim. Não tinham nada a ver com as que Man Yaya tinha me ensinado.

Como não confiava a sério em John Indien, Susanna Endicott se comprometera de ela mesma me fazer recitar as lições do catecismo e me explicar as palavras do seu Livro Santo. Todas as tardes, às quatro horas, eu a encontrava de mãos cruzadas sobre um grosso volume de couro que ela não abria sem antes fazer o sinal da cruz e murmurar uma prece curta. Eu ficava em pé diante dela e me esforçava para encontrar as palavras.

Porque eu não sabia explicar o efeito que aquela mulher produzia em mim. Ela me paralisava. Ela me apavorava.

Sob seu olhar de água marinha, perdia meus meios. Eu era apenas o que ela queria que eu fosse. Uma desengonçada com a pele de uma cor repugnante. Não importava o quanto eu chamasse ao resgate aqueles que me amavam, eles não me davam nenhuma ajuda. Quando eu ficava longe de Susanna Endicott, eu me reprimia, eu me xingava e jurava a mim mesma que resistiria no próximo encontro cara a cara. Até imaginava respostas insolentes e astutas que eu poderia oferecer vitoriosamente às suas perguntas. Coitada de mim! Bastava estar diante dela para que toda a minha soberba me abandonasse.

Naquele dia, abri a porta da cozinha onde ela me esperava para nossa lição e, de repente, seu olhar me advertiu, com tranquilidade, de que ela tinha uma arma infalível a qual não tardaria em usar. Porém, a lição começou como de costume. Mergulhei corajosamente:

— Creio em Deus, Pai Todo-Poderoso, Criador...

Ela não me interrompeu.

Ela me deixou balbuciar, gaguejar, tropeçar nas sílabas escorregadias do inglês. Quando terminei a minha recitação, parei sem fôlego, como se tivesse subido correndo uma colina, ela me disse:

— Você não é a filha daquela Abena, que matou um fazendeiro?

Eu protestei:

— Ela não matou, senhora! Só feriu!

Susanna Endicott tinha um sorriso que dizia que essa explicação não era nada importante para ela, e continuou:

— Você não foi criada por uma certa negra nagô, uma bruxa que se chamava Man Yaya?

Eu gaguejei:

— Bruxa! Bruxa? Ela cuidava, curava.

Seu sorriso se aguçou, e seus lábios finos e sem cor palpitaram:

— John Indien sabe disso tudo?

Eu consegui retorquir:

— O que há para esconder?

Ela baixou os olhos até seu livro. Naquele momento, John Indien entrou, trazendo a lenha da cozinha, e me viu tão derrotada que compreendeu que alguma coisa de ruim estaria tomando forma. Ai de mim. Só depois de longas horas é que pude falar com ele:

— Ela sabe! Ela sabe que eu sou!

Seu corpo ficou rígido e glacial como o de um defunto de véspera. Ele murmurou:

— O que ela te disse?

Contei tudo a ele, que suspirou aflito:

— Não faz um ano, o governador Dutton queimou na praça de Bridgetown duas escravas acusadas de terem parte com Satanás, porque, para os brancos, ser bruxa é isso!...

Eu protestei:

— Satanás! Antes de pôr meus pés aqui nesta casa, eu ignorava esse nome.

Ele zombou:

— Vai dizer isso no Tribunal!

— Tribunal?

O terror de John Indien era tamanho que pude escutar seu coração galopar pela casa. Eu o intimei:

— Me explique isso!

— Você não conhece os brancos! Se eles chegam a acreditar que você é mesmo uma bruxa, vão montar uma fogueira e te colocar em cima dela.

Naquela noite, pela primeira vez desde que vivíamos juntos, John Indien não fez amor comigo. Eu me torci, queimando, ao seu lado, buscando com a mão, o objeto que havia me dado tantas delícias. Mas ele me afastou.

E a noite se estendeu.

Ouvi um grande vento soprar, passando por cima das copas das palmeiras. Ouvi o mar se revoltar. Ouvi o latido dos cães treinados para farejar os negros vagabundos. Ouvi o canto dos galos, anunciadores do dia. Então, John Indien se levantou e, sem pronunciar qualquer palavra, fechou dentro de suas roupas o corpo que ele recusou a mim. Eu me lavei em lágrimas.

Quando entrei na cozinha para começar minhas tarefas matinais, Susanna Endicott estava engajada numa longa conversa com Betsey Ingersoll, a mulher do pastor. Elas falavam de mim, eu sabia, a cabeça das duas chegou a se tocar sob a fumaça que subia das tigelas de mingau. John Indien tinha razão. Um complô se tramava.

No Tribunal, a palavra de um escravizado ou mesmo de um negro livre não contava. Não importava o quanto gritássemos e clamássemos que eu ignorava quem era Satanás, ninguém prestaria atenção.

Foi então que tomei a decisão de me proteger. Sem esperar mais.

Saí no grande calor das três horas da tarde, mas não sentia as mordidas do sol. Desci até o quintal de terra da casa de John Indien e me afundei em orações. Não havia lugar no mundo para Susanna Endicott e eu. Uma de nós estava sobrando, e não era eu.

4.

Passei a noite te chamando. Por que só chegou agora?

— Eu estava no outro lado da ilha, consolando uma escrava cujo companheiro morreu torturado. Eles o flagelaram. Derramaram pimenta sobre suas feridas e depois arrancaram seu sexo.

Essa narrativa, que em outros tempos teria me revoltado, foi indiferente para mim. Retomei com paixão:

— Eu quero que ela morra aos poucos, com os sofrimentos mais horríveis, sabendo que é por minha causa.

Man Yaya sacudiu a cabeça:

— Não se deixe levar pelo espírito de vingança. Use a sua arte para servir os seus, para consolar.

Eu protestei:

— Mas ela declarou guerra contra mim! Ela quer tirar John Indien de mim!

Man Yaya tinha uma risada triste:

— Você vai perder esse homem, de todo jeito.

Eu gaguejei:

— Como é?

Ela não respondeu, como se não quisesse acrescentar mais nada àquilo que tinha deixado escapar. Vendo que eu estava mexida, minha mãe, que assistia à conversa, me disse em voz baixa:

— Bela perda que será, na verdade! Esse negro vai te dar muito trabalho.

Man Yaya lhe lança um olhar de reprimenda e ela fica quieta. Escolhi ignorar seus comentários e me virei para Man Yaya, perguntando apenas a ela:

— Quer me ajudar?

Minha mãe falou de novo:

— Vento e imprudência! Esse negro é só vento e imprudência!

No fim, Man Yaya deu de ombros:

— E o que quer que eu faça por você? Acaso não te ensinei tudo o que poderia ter ensinado? Além disso, em breve não poderei fazer nada por você.

Eu me resignei a encarar a verdade e questionar:

— O que quer dizer?

— Eu estarei longe demais. Levarei muito tempo para cruzar as águas! E, então, será muito difícil!

— Por que você terá que cruzar as águas?

Minha mãe começou a chorar. Surpreendente! Essa mulher que, quando viva, tinha me tratado com tão pouca ternura, se tornou no lado de lá, protetora e quase abusiva. Um pouco exasperada, resolutamente lhe dei as costas:

— Man Yaya, por que você terá que cruzar as águas para me ver?

Man Yaya não respondeu, e compreendi que, embora tivesse carinho por mim, minha condição de mortal a obrigava a uma certa reserva. Aceitei aquele silêncio e voltei às minhas preocupações anteriores:

— Eu quero que Susanna Endicott morra!

Minha mãe e Man Yaya se ergueram num mesmo movimento, e esta última falou com um tipo de lassidão:

— Mesmo que ela morra, seu destino se cumprirá. E você terá corrompido o seu coração. Será igual a eles, que só sabem matar, destruir. Atinja-a apenas com uma doença inconveniente, humilhante!

As duas formas se afastaram e fiquei sozinha meditando sobre o que fazer. Uma doença inconveniente e humilhante? Qual escolher? Quando o crepúsculo me trouxe John Indien, eu ainda não havia chegado a uma conclusão. Ele parecia ter se curado de seus medos, meu homem, e ainda me trazia uma surpresa: uma fita de veludo lilás, comprada de um comerciante inglês, que ele mesmo arrumou nos meus cabelos. Me lembrei dos comentários negativos de Man Yaya e de Abena, minha mãe, sobre ele, e tentei me tranquilizar:

— John Indien, você me ama?

Ele pigarreia:

— Mais que a minha própria vida. Mais do que esse Deus com o qual Susanna Endicott nos enche os ouvidos. Mas eu também tenho medo de você...

— Por que tem medo de mim?

— Porque eu sei que você é violenta! Com frequência, eu te vejo como um ciclone devastando a ilha, deitando os coqueiros e levantando até o céu uma lâmina de um cinza chumbo.

— Fica quieto! Faz amor comigo.

Dois dias mais tarde, Susanna Endicott foi tomada por uma cólica violenta, bem quando servia o chá à mulher do pastor. Ela mal teve tempo de sair até a frente da casa para chamar John Indien, que cortava lenha, quando uma rajada fétida escorreu pelas coxas da matrona formando um lago espumoso no chão.

Chamaram o doutor Fox, homem de ciência, que tinha estudado em Oxford e publicado o livro *As maravilhas do mundo invisível*. A escolha por esse médico não foi inocente. A doença de Susanna Endicott era repentina demais para não levantar suspeitas. Ainda na véspera, com o xale amarrado na cintura rígida e os cabelos cobertos com um chapéu, ela ensinava o catecismo às crianças. Ainda na véspera, ela marcara com uma cruz azul os ovos que enviaria para que John Indien vendesse no mercado. Talvez ela até já tenha pensado nas suspeitas que eu inspirava? Mesmo assim, Fox veio examiná-la dos pés a cabeça. Se ele teve repulsa pelo fedor terrível que subia de sua cama, não deixou nada disso aparente e ficou quase três horas trancado com ela. Quando desceu, eu o ouvi algaraviar com o pastor e parte do seu rebanho.

— Não encontrei em nenhuma parte secreta de seu corpo, mamilos, grandes ou pequenos, onde o Demônio a teria sugado. Do mesmo modo, não encontrei nenhuma mancha vermelha ou roxa, que se parecesse com mordidas de pulga. Menos ainda, marcas insensíveis que ardessem ou sangrassem. Também não pude constatar nenhuma prova mais conclusiva.

Como eu teria gostado de assistir ao colapso da minha inimiga, um bebê sujo, amarfanhado em fraldas mijadas! Mas sua porta apenas se encontrava aberta para que entrasse, pé ante pé, uma de suas amigas fiéis, que subia e descia as escadas com a comida ou o penico.

Diz o provérbio: "Quando o gato sai, os ratos tomam conta!"

No sábado seguinte à convalescença de Susanna Endicott, John Indien tomou conta! Eu sabia que ele não era como eu, uma criatura rabugenta que cresceu na companhia de uma velha, mas não imaginava que ele tinha tantos amigos! Eles vieram de todos os lugares, mesmo das províncias remotas de Saint-Lucy e Saint-Philipp. Um escravizado levara dois dias andando de Coblers Rock.

A *chabine* alta de *madras calendé* estava entre os visitantes. Ela só se dignou a me lançar um olhar luminoso de raiva sem se aproximar de mim, como se tivesse entendido que lidava com alguém muito forte. Um dos homens havia roubado da loja de seu senhor um barril de rum, que eles abriram com uma martelada. Depois de dois ou três copos passando de mão em mão, os ânimos começaram a esquentar. Um Congo, parecendo uma vara de madeira retorcida, saltou sobre uma mesa e começou a gritar adivinhações.

— Me escutem, negros! Me escutem bem! Não sou nem rei nem rainha. No entanto, faço o mundo tremer.

O público se estourava de rir.

— Rum, rum!

— Tão pequeno sou, mas consigo iluminar uma cabana.

— Vela, vela!

— Mandei Matilda buscar pão. O pão chegou antes de Matilda.

— Coco, coco!

Eu estava apavorada, pouco habituada a esses excessos barulhentos e um pouco enjoada por essa promiscuidade. John Indien me pegou pelo braço:

— Não faça essa cara, senão meus amigos dirão que você é orgulhosa. Eles dirão que sua pele é negra, mas que por baixo dela você usa uma máscara branca...

Respirei fundo:

— Não é isso. Mas e se alguém ouvir essa bagunça e vier ver o que está acontecendo aqui?

Ele riu.

— E o que importa? É esperado que os negros fiquem bêbados, dancem e festejem quando seus senhores dão as costas. Vamos fazer o nosso papel de negros perfeitamente.

Eu não achei engraçado, mas, sem me dar mais atenção, ele virou e se jogou numa mazurca endiabrada.

O ponto alto da festa aconteceu quando os escravizados se enfiaram sorrateiramente na casa onde Susanna Endicott estava sendo cozida em sua própria urina e voltaram com um monte de roupas que tinham pertencido ao seu falecido marido. Eles as vestiram, imitando os modos solenes e pomposos dos homens da posição dele. Um deles amarrou um lenço ao redor do pescoço e fingiu ser um pastor. Fez o gesto de abrir um livro e folheá-lo, e se pôs a recitar num tom de ladainha uma litania de obscenidades. Todo mundo riu até chorar, e John Indien mais que todos. Em seguida, pulou em cima de um barril e inflou a voz:

— Eu vou casar vocês, Tituba e John Indien. Aquele que tiver algum impedimento contra essa união, fale agora.

A *chabine* alta de *madras calendé* avançou, erguendo a mão:

— Eu, eu tenho um! John Indien me fez dois bastardos, bem parecidos com ele, e que juntos valem meio centavo. E ele tinha prometido se casar comigo.

A farsa, hão de convir, poderia ter azedado. Mas não foi nada disso. Sob uma nova tempestade de risos, o pastor improvisado, após inspirar profundamente, declarou:

— Em África, de onde todos nós viemos, cada um tem o direito de ter tantas mulheres quanto seus braços podem abraçar. Vá em paz, John Indien, e viva com as suas duas negras.

Todo mundo aplaudiu e alguém nos empurrou, eu e a *chabine*, contra o peito de John Indien, que se pôs a nos cobrir de beijos, eu e ela. Eu fingi rir, mas devo dizer que todo o meu sangue fervia dentro do meu corpo. A *chabine* fugiu para os braços de um outro dançarino e lançou para mim:

— Os homens, minha cara, são feitos para serem repartidos.

Eu me recusei a responder e saí para a varanda. A bacanal durou até as primeiras horas da manhã. Coisa estranha, ninguém veio nos pedir silêncio.

Dois dias depois, Susanna Endicott chamou a mim e a John Indien. Ela estava sentada sobre a cama, com as costas apoiadas nos travesseiros, a pele já tão amarelada quanto seu mijo, o rosto muito magro, mas calmo. A janela estava aberta para que as visitas pudessem respirar, e o cheiro purificador do mar afogava todos os vapores fétidos. Ela me olhou bem na cara, e mais uma vez não pude aguentar seu olhar. Ela disse, martelando cada sílaba:

— Tituba, eu sei que é você quem, por sortilégio, me pôs nesse estado em que me encontro. Você é hábil o bastante para enganar Fox e todos que aprenderam a ciência nos livros. Mas a mim não engana. Eu quero lhe dizer que hoje você venceu. Que seja! Só que, veja bem, o amanhã me pertence e eu vou me vingar, ah!, eu vou me vingar de você!

John Indien começou a gemer, mas ela não lhe deu qualquer atenção. Virando-se para a parede, ela nos sinalizou que a conversa estava terminada.

No início da tarde, um homem veio vê-la, alguém que eu jamais tinha encontrado nas ruas de Bridgetown, nem em qualquer outro lugar, para dizer a verdade. Alto, muito alto, vestido de preto dos pés à cabeça, a tez de um branco giz. Quando ele estava prestes a subir a escada, seus olhos se apossaram de mim; em pé e em pleno dia, com meu balde e meu esfregão, quase caí para trás. Eu já falei muito do olhar de Susanna Endicott. Mas aquilo! Imaginem umas pupilas esverdeadas e frias, astutas e ardilosas, criando o mal porque viam mal em tudo. Era como se nos encontrássemos diante de uma serpente ou de algum réptil maldoso, maligno. Eu me convenci rapidamente, esse Maligno, com o qual nos enchiam os ouvidos, não devia encarar de outro jeito os indivíduos que desejava desgarrar e depois perder.

Ele falou, e sua voz parecia com seu olhar, fria e penetrante.

— Negrinha, por que me encara assim?

Saí correndo.

Depois, quando retomei a força para me mover, corri até John Indien, que afiava facas na varanda, cantarolando *biguine*. Eu me agarrei nele, depois finalmente gaguejei:

— John Indien, acabo de encontrar Satanás!

Ele ergueu os ombros.

— Ah é? Agora você fala como uma cristã!

Depois, percebendo meu incômodo, ele me puxa para si e diz com ternura:

— Satanás não gosta muito do dia e não é na luz do sol que você o verá andar. Ele ama a noite...

Eu vivi as horas seguintes na angústia.

Pela primeira vez, eu maldisse minha impotência. Pois faltava muito à minha arte para que ela fosse completa, perfeita. Man Yaya tinha deixado a terra dos homens muito cedo para ter tido a oportunidade de me ensinar um terceiro grau de conhecimento, mais elevado, mais complexo.

Se eu pudesse me comunicar com as forças do invisível, e, com seu apoio, curvar o presente. Eu não sabia decifrar os sinais do futuro. Ele permanecia para mim um astro circular, coberto de árvores frondosas, cujos troncos se enredavam a ponto de nem o ar nem a luz poderem circular livremente.

Eu os sentia, terríveis perigos me ameaçavam, mas era incapaz de nomeá-los, e eu sabia disso. Nem Abena, minha mãe, nem Man Yaya poderiam intervir para me iluminar.

Houve um ciclone naquela noite.

Eu o escutei vir de longe, ganhar força e vigor. A mafumeira do jardim tentou resistir, e perto da meia-noite desistiu, deixando seus mais altos galhos tombarem num terrível clamor. As bananeiras, lado a lado, se deitavam docilmente, e pela manhã foi um espetáculo de desolação pouco comum.

Aquela desordem natural deixou ainda mais assustadoras as ameaças proferidas por Susanna Endicott. Não deveria eu tentar desfazer o que tinha feito, talvez um tanto precipitadamente, e curar uma matrona que se mostrou resistente?

Eu estava lá, a me interrogar sobre o que fazer, quando Betsey Igersoll veio nos avisar que a senhora nos chamava.

Com a morte na alma, apareci diante da megera. Eu não via nada de bom naquele sorriso ardiloso que esticava sua boca incolor. Ela começou:

— Minha morte se aproxima...

John Indien se curvou quase explodindo em soluços barulhentos, mas ela continuou sem dar atenção a ele:

— O dever de um senhor em tal caso é pensar no futuro daqueles que lhe foram ofertados por Deus, quero dizer, de seus filhos e seus escravos. Eu não conheci a alegria de ser mãe. Mas para vocês, meus escravos, eu encontrei um novo senhor.

John Indien gaguejou:

— Um novo senhor, senhora!

— Sim, é um homem de Deus que se ocupará da alma de vocês. Um ministro, de nome Samuel Parris. Ele tentou fazer comércio aqui, mas seus negócios não deram certo. Então, ele vai embora para Boston.

— Para Boston, senhora?

— Sim, fica nas colônias da América. Se preparem para segui-lo.

John Indien estava apavorado. Ele pertencia a Susanna Endicott desde sua infância. Ela tinha lhe ensinado a ler preces e assinar o próprio nome. Ele estava convencido de que, cedo ou tarde, ela falaria de sua alforria. Mas agora, em vez disso, de repente, ela anunciava que o venderia. E para quem, Senhor? Para um desconhecido que iria atravessar o mar e tentar a sorte na América... Na América? Quem nunca foi à América?

Eu entendi, quanto a mim, o plano horrível de Susanna Endicott. Era a mim, e somente a mim, que ela mirava. Era a mim que ela queria exilar na América. A mim que ela separava da minha terra natal, daqueles que eu amava e cuja companhia me era necessária. Ela sabia bem como eu podia retorquir. Ela não ignorava o ritual que eu poderia utilizar. Sim, eu podia proclamar: "Não, Susanna Endicott! Eu sou a companheira de John Indien, mas a senhora não me comprou. A senhora não possui título algum de propriedade que me enumera, como suas cadeiras, suas cômodas, sua cama e seus edredons. Portanto, a senhora não pode me vender, e o senhor de Boston não tocará nos meus tesouros."

Sim, mas se eu dissesse isso, seria separada de John Indien! Susanna Endicott tinha mesmo excelência em sua crueldade; entre nós duas, quem era a mais cruel? Afinal, a doença e a morte são inscritas na existência humana e talvez eu apenas tenha precipitado sua irrupção na vida de Susanna Endicott. Mas ela, o que ela faria dos meus dias?

John Indien se prostrou de quatro, rastejando ao redor da cama. De nada adiantou! Susanna Endicott permaneceu inflexível sob seu dossel de onde as cortinas soltas formavam uma moldura ao redor do veludo.

A morte da alma nos rebaixa.

Na cozinha, diante do fogo onde uma sopa de legumes cozinhava, o pastor conversava com um homem. Ele se virou com o som dos nossos passos e eu reconheci, num silêncio aterrorizado de todo o meu ser, o desconhecido que tinha me apavorado no dia anterior. Um pressentimento horrível me invadiu, e suas palavras, pronunciadas com uma voz monótona e ainda assim cortante como um machado, sem inflexão e ainda carregada de uma violência mortífera, confirmaram:

— De joelhos, esfarrapados do inferno! Eu sou seu novo senhor! Me chamo Samuel Parris. Amanhã, assim que o sol abrir os olhos, nós partiremos a bordo do navio *Blessing*. Minha mulher, minha filha Betsey e Abigail, a pobre sobrinha da minha mulher que acolhemos depois da morte de seus pais, já embarcaram.

5.

O novo senhor me fez ajoelhar no convés do navio entre as cordas, os tonéis e os marinheiros sardônicos e derramou um fio de água gelada sobre minha testa. Depois ordenou que eu me levantasse e o seguisse até os fundos do navio onde estava John Indien. Ele nos mandou ajoelhar um ao lado do outro. Ele avançou, e sua sombra nos cobriu, obscurecendo a luz do sol.

— John e Tituba Indien, eu os declaro unidos pelos sagrados laços do matrimônio para viver em paz até que a morte os separe.

John Indien balbuciou:

— Amém!

Quanto a mim, não pude pronunciar uma palavra sequer. Meus lábios estavam soldados um ao outro. Mesmo com o calor escaldante, sentia frio. Um suor gelado escorreu pelas minhas omoplatas como se eu tivesse contraído malária, cólera, tifo. Não ousei olhar na direção de Samuel Parris, porque o horror que ele me causava era imenso. Ao nosso redor, o mar era azul vivo e a linha ininterrupta da costa, verde-escura.

6.

Alguém compartilhava do pavor e da repugnância que Samuel Parris me inspirava, eu não demorei a perceber: sua mulher, Elizabeth.

Ela era uma mulher jovem, de uma beleza estranha, cujos belos cabelos loiros, dissimulados sob um austero chapéu, cresciam como um halo luminoso ao redor da cabeça. Estava embrulhada em xales e cobertores, como se sentisse frio, apesar da atmosfera tépida e confinada da cabine. Ela sorriu para mim e disse com uma voz tão prazerosa quanto as águas do rio Ormonde:

— Você que é a Tituba? Como deve ser cruel para você ser separada dos seus. Do seu pai, da sua mãe, do seu povo...

Essa compaixão me surpreendeu. Eu disse de um jeito doce:

— Felizmente, tenho o John Indien.

Sua face delicada se revoltou:

— Bem-aventurada se você crê que um marido pode ser um companheiro agradável e se o contato de sua mão não te provoca arrepios nas costas!

Então, ela se interrompeu, como se tivesse falado demais. Eu perguntei:

— Senhora, parece estar doente! Do que sofre?

Ela tinha um riso sem graça:

— Mais de vinte médicos passaram pela minha cabeceira e não conseguiram achar a causa do meu mal. Tudo o que sei é que minha existência é um martírio. Quando fico em pé, minha cabeça gira. Sou tomada de náuseas como se estivesse grávida, mesmo que o Céu tenha me dado a graça de ter apenas uma filha. Às vezes dores insuportáveis me percorrem o ventre. Meus mênstruos são um suplício e meus pés estão sempre como dois blocos de gelo.

Com um suspiro, ela se joga de novo sobre a cama estreita e puxa o cobertor de lã áspera até o pescoço. Eu me aproximei e ela fez sinal para que me sentasse perto dela, enquanto murmurava:

— Como você é bela, Tituba!

— Bela?

Pronunciei essa palavra com incredulidade, pois o espelho que Susanna Endicott e Samuel Parris tinham me mostrado me convencia do contrário. Algo se desatou em mim e ofereci, movida por um irresistível impulso:

— Me deixa cuidar da senhora.

Ela sorri e pega as minhas mãos:

— Tantos outros tentaram antes de você e não conseguiram! Mas é verdade que as suas mãos são doces. Doces como flores cortadas.

Achei graça:

— A senhora já viu flores negras, é?

Ela ponderou por um instante e depois respondeu:

— Não, mas se existissem, seriam como as suas mãos.

Pousei a mão em sua testa, paradoxalmente gélida e molhada de suor. Do que ela sofria? Eu deduzi que o espírito guiava o corpo, assim como na maioria dos males dos homens.

Neste momento, a porta se abriu com um empurrão brutal, e Samuel Parris entrou. Eu não saberia dizer quem ficou mais confusa e amedrontada, a senhora Parris ou eu. A voz de Samuel Parris não se elevou nem um pouco. O sangue não subiu ao seu rosto de giz. Ele simplesmente disse:

— Elizabeth, você está louca? Você deixou essa negra sentar ao seu lado? Fora, Tituba, e rápido!

Obedeci.

O ar frio do convés agiu em mim como uma reprimenda. Quê? Eu deixei aquele homem me tratar como um animal sem dizer nada? Eu tinha decidido voltar à cabine quando cruzei o olhar com duas meninas, metidas em longos vestidos pretos, sobre os quais usavam apertados aventais brancos. Estavam penteadas sob um chapéu que não deixava escapar uma mecha sequer de seus cabelos. Nunca tinha visto crianças vestidas daquele jeito. Uma delas era o retrato cuspido da pobre reclusa que eu havia acabado de abandonar. Ela perguntou:

— Você é a Tituba?

Reconheci a entonação tão graciosa quanto a de sua mãe.

A outra menina, dois ou três anos mais velha, me olhava com um ar de arrogância insuportável.

Eu disse docemente:

— Vocês são as meninas Parris?

Foi a mais velha que respondeu:

— Ela é Betsey Parris. Eu sou Abigail Williams, sobrinha do pastor.

Eu não tive infância. A sombra da forca da minha mãe escureceu todos os anos que deveriam ter sido consagrados à imprudência e às brincadeiras. Por razões sem qualquer dúvida diferentes das minhas, imaginei que Betsey Parris e Abigail Williams estavam também privadas de sua infância, impedidas para sempre de cantar canções de ninar, contar histórias, preencher a imaginação com aventuras mágicas e benditas. Experimentei uma profunda pena por elas, sobretudo pela pequena Betsey, tão charmosa e desarmada. Disse a elas:

— Venham, vou colocá-las na cama. Vocês parecem bem cansadas.

A outra menina, Abigail, se interpôs rapidamente.

— Mas o que está dizendo aí? Ela ainda não fez as orações. Quer que meu tio dê uma surra nela?

Encolhi os ombros e continuei a caminhar.

John Indien estava sentado atrás do convés, no meio de um círculo de marinheiros admirados, aos quais ele contava alguma baboseira. Coisa estranha, John Indien, que tinha chorado todas as lágrimas de seu corpo quando os contornos do nosso tão amado país, Barbados, se apagaram na bruma, já estava consolado. Ele realizava mil tarefas para os marinheiros, e assim ganhou algumas moedas, com as quais se metia em jogos e bebia rum. Naquele momento, ensinava a eles uma velha canção de escravizados e cantava com uma voz exata:

"Muguê, ê, muguê, ê
O galo canta ê galokokó."

Ah! Como esse homem a quem meu corpo escolheu era frívolo. Mas talvez não o tivesse amado se ele também fosse feito de uma tristeza estofada de luto, como aquela na qual eu havia sido enfiada.

Quando ele viu eu me aproximar, veio apressado na minha direção, dando as costas para seu coro de alunos, que protestou ruidosamente. Ele me tomou em seus braços e cochichou:

— Que homem estranho é o nosso novo senhor! Um comerciante fracassado que, já velho, recomeça sua vida do lugar de onde tinha partido...

Eu o interrompi:

— Não estou com vontade nenhuma de ouvir boatos.

Nós fizemos a volta no convés e nos abrigamos atrás de uma pilha de barris de açúcar de cana que ia para o porto de Boston. A lua estava alta e esse astro tímido se igualava em claridade àquele do dia. Eu me espremi contra John Indien e nossas mãos procuravam nosso corpo quando um passo pesado fez tremer a madeira do chão e dos barris. Era Samuel Parris. Ao nos ver, um pouco de sangue correu sob seu rosto pálido e ele cuspiu como se fosse veneno:

— É certo que a cor da pele de vocês é o sinal da sua danação, por outro lado, enquanto estiverem sob o meu teto, comportem-se como cristãos! Venham fazer as preces!

Nós obedecemos.

A senhora Parris e suas duas meninas, Abigail e Betsey, já estavam ajoelhadas em uma das cabines. O senhor ficou em pé, olhou para o teto e começou a bradar. Não entendi grandes coisas daquele discurso, com exceção das palavras já tantas vezes ouvidas: pecado, mal, Maligno, Satanás, demônio... O momento mais sofrível foi o da confissão. Cada um deveria confessar em voz alta seus pecados do dia, e ouvi as pobres crianças balbuciarem:

— Eu fiquei olhando o John Indien dançar no convés.

— Eu tirei meu chapéu e deixei o sol acariciar meus cabelos.

Do seu jeito habitual, John Indien confessou toda sorte de besteiras e se pôs a fazê-lo até que o senhor o impediu de continuar e lhe disse:

— Que o Senhor lhe perdoe, John Indien! Vá e não peque mais!

Quando chegou a minha vez, uma espécie de ira me invadiu e não havia dúvida de que era a outra face do medo que Samuel Parris me inspirava, e eu disse com uma voz firme:

— Por que tenho que me confessar? Aquilo que se passa na minha cabeça e no meu coração concerne somente a mim.

Ele me deu um tapa.

Sua mão, seca e cortante, veio machucar minha boca e a encheu de sangue. Ao ver o fio vermelho, a senhora Parris recuperou as forças, se ajeitou e disse com furor:

— Samuel, você não tem o direito!...

Então, ele bateu nela. Ela também sangrou. Esse sangue selou nossa aliança. Às vezes, uma terra árida e desolada dá uma flor de cor suave que perfuma e ilumina a paisagem ao seu redor. Eu só posso comparar a amizade, que não demorou a me unir à senhora Parris e à pequena Betsey, com essa flor. Juntas, nós inventamos mil jeitos de nos encontrar na ausência daquele demônio que era o reverendo Parris. Eu penteava seus longos cabelos loiros até os tornozelos. Esfregava o óleo, que Man Yaya tinha me confiado em segredo, sobre sua pele doente e descorada que, pouco a pouco, dourava sob as minhas mãos.

Um dia, enquanto a massageava, tomei coragem e perguntei à senhora Parris:

— O que diz seu rígido esposo diante dessa transformação do seu corpo?

Ela se estourou de rir:

— Minha pobre Tituba, acha que ele percebe?

Eu ergui os olhos para o céu:

— Pensei que ninguém estaria mais bem posicionado quanto ele para fazê-lo!

Ela riu mais ainda:

— Se você soubesse! Ele me toma sem nem tirar as minhas roupas nem as roupas dele, apressado para acabar com o ato odioso.

Eu protestei:

— Odioso? Para mim, é o ato mais bonito do mundo — ela afastou a minha mão enquanto eu me explicava. — Sim, não é isso que perpetua a vida? — seus olhos se encheram de horror:

— Cale-se, Cale-se! É a herança de Satanás em nós.

Ela parecia tão abalada que não insisti mais. Geralmente, minhas conversas com a senhora Parris não tomavam esses rumos. Ela gostava das histórias que alegravam Betsey: as de Ananse, a aranha; de gente com pacto com o Diabo; dos soucougnans; da besta de Man Hibé, que cavalga em seu cavalo de três patas. Ela me escutava com o mesmo fervor de sua filha, seus belos olhos castanhos, cravejados de estrelas felizes, e questionava:

— Pode-se fazer isso, Tituba? Um ser humano pode abandonar a própria pele e sair passeando como um espírito por lugares distantes?

Aquiesci.

— Sim, pode.

Ela insistia:

— E esse ser precisa mesmo de uma vassoura para se deslocar?

Gargalhei:

— Que ideia boba é essa? O que a senhora quer que alguém faça com uma vassoura?

Ela ficou perplexa.

Eu não gostava quando a jovem Abigail vinha incomodar minhas conversas com Betsey. Tinha algo naquela criança que me deixava profundamente desconfortável. Seu jeito de me escutar, de me observar como se eu fosse um objeto terrível e atraente! De um modo autoritário, ela me pedia detalhes de tudo:

— Quais são as palavras que gente com pacto com o Diabo tem que pronunciar antes de abandonar o corpo?

— Como os soucougnans fazem para beber o sangue das vítimas?

Eu dava respostas evasivas. Na verdade, eu temia que ela contasse essas histórias ao seu tio, Samuel Parris, e que a réstia de prazer que isso trazia à nossa vida pudesse se apagar. Ela não disse nada. Havia nela uma capacidade extraordinária de dissimulação. Jamais, durante as preces da noite, ela fez alusão àquilo que, aos olhos de Parris, seriam pecados inexpiáveis. Ela se limitava a confessar:

— Eu fiquei no convés para sentir a brisa do mar me molhar.

— Eu joguei no mar metade do meu mingau.

E Samuel Parris a absolvia:

— Vá, Abigail Williams, e não peque mais.

Pouco a pouco, por consideração a Betsey, eu a aceitei em nossa intimidade. Em uma manhã, quando servia à senhora Parris um pouco de chá, que seu estômago tolerava melhor do que o mingau, ela me disse docemente:

— Não conte todas essas histórias às crianças. Isso faz com que elas sonhem, e sonhar não é bom!

Encolhi os ombros:

— Por que o sonho não seria bom? Não é melhor do que a realidade?

Ela não respondeu e ficou em silêncio por um longo tempo. Depois retomou:

— Tituba, você não acha que ser mulher é uma maldição?

Fiquei irritada:

— Senhora Parris, dizer uma coisa dessas é que é uma maldição! Não há nada mais belo do que o corpo de uma mulher! Especialmente, quando o desejo de um homem o enobrece...

Ela gritou:

— Cale-se! Cale-se!

Essa foi a nossa única briga. Na verdade, eu não entendi a causa.

Certa manhã, nós chegamos a Boston.

Eu disse que era manhã, no entanto a cor do dia não indicava nada. Um véu cinzento caía do céu e envolvia em suas dobras a floresta de mastros de navios, as pilhas de mercadorias no cais e o contorno enorme dos armazéns. Um vento glacial soprava e John Indien, como eu, tremia dentro da roupa de algodão. Apesar do xale, a senhora Parris e as meninas faziam o mesmo. Apenas o senhor se mantinha de cabeça erguida, sob seu chapéu de largas abas pretas, parecendo um espectro naquela luz suja e turva. Nós descemos até o cais, John Indien sucumbindo ao peso das bagagens, enquanto Samuel Parris se dignava a oferecer à sua mulher apoio com o braço. Eu mesma peguei as meninas pela mão.

Eu não poderia jamais imaginar que uma cidade como Boston existia, cheia de casas muito altas, com uma multidão atropelando as ruas pavimentadas, cobertas de carroças puxadas por bois ou cavalos. Percebi as muitas nuances da minha cor e compreendi que lá também os filhos da África pagavam seus tributos à desgraça.

Samuel Parris parecia conhecer perfeitamente os lugares, porque nenhuma vez parou para perguntar o caminho. Encharcados até os ossos, chegamos, enfim, a uma casa de madeira de um só andar, cuja fachada era embelezada por vigas mais claras entrelaçadas. Samuel Parris largou o braço da mulher e disse, como se fosse a casa mais formidável do mundo:

— É aqui!

O lugar cheirava a mofo e umidade. Ao som dos nossos passos, dois ratos correram, enquanto um gato preto que dormia nas cinzas e na poeira se levantou preguiçosamente e passou para a sala ao lado. Eu não saberia descrever o efeito que o desgraçado do gato produziu nas crianças, bem como em Elizabeth e Samuel Parris. Esse último correu ao seu livro de orações e se pôs a recitar uma interminável prece. Quando as coisas se acalmaram um pouco, ele se ajeitou e começou a dar ordens:

— Tituba, limpe esse cômodo. Depois, prepare as camas. John Indien venha comigo comprar lenha!

John Indien, mais uma vez, evidenciou um comportamento que eu detestava demais:

— Sair, senhor! Com esse vento e essa chuva! O senhor já quer então gastar dinheiro com as tábuas do meu caixão?

Sem dizer qualquer palavra, Samuel Parris desamarrou a grande capa de tecido preto que usava e jogou para John Indien.

Tão logo os dois homens saíram, Abigail perguntou com voz ofegante:

— Minha tia, era o Maligno, não era?

O rosto de Elizabeth Parris se contorceu:

— Cale-se!

Eu perguntei, intrigada:

— Mas do que vocês estão falando?

— Do gato! Do gato preto!

— Mas o que vocês procuram aí? É só um animal ao qual nossa chegada causou alguma emoção. Por que vocês sempre falam do tal Maligno? Os invisíveis ao redor de nós só nos atormentam se os provocamos. E, com certeza, numa idade como a sua, isso não é algo a temer!

Abigail respirou fundo:

— Mentirosa! Pobre negra ignorante! O Maligno atormenta a todos nós. Somos todos suas presas. Seremos todos condenados, não é, minha tia?

Quando eu vi o efeito que essa conversa produzia na senhora Parris, e principalmente na pobre Betsey, eu a interrompi rapidamente.

Foi o efeito dessa conversa ou do frio que reinou na casa, apesar do fogo aceso por John Indien; naquela noite, a saúde da senhora Parris piorou. Samuel Parris veio me acordar perto da meia-noite:

— Acho que ela vai morrer!

Nenhuma emoção na voz. O tom de uma constatação!

Morrer, minha pobre e doce Elizabeth? E deixar as meninas sozinhas com o monstro do seu marido? Morrer, meu cordeiro atormentado, sem ter aprendido que a morte é só uma porta que os iniciados sabem manter bem aberta? Eu me apressei em sair da cama, na ânsia de ajudá--lo. Mas Samuel Parris me parou:

— Vista-se!

Pobre homem que, com a esposa em seu leito de morte, pensava na decência!

Até aquele momento, eu não tinha apelado para qualquer elemento sobrenatural para curar Elizabeth Parris. Eu me limitava a mantê-la aquecida e a fazê-la tomar bebidas quentes. A única liberdade a qual eu me permitia consistia em derramar um pouco de rum em seus chás. Naquela noite, decidi recorrer aos meus talentos.

Mesmo que me faltassem os elementos necessários para a prática da minha arte. As árvores eram o repouso dos invisíveis. Os condimentos de suas comidas favoritas. As plantas e suas raízes da cura.

Neste país desconhecido, o que eu poderia fazer?

Decidi usar subterfúgios.

Um bordo cuja folhagem ficou vermelha serviu como uma mafumeira. Folhas de azevinho, cortantes e viçosas, tomaram o lugar das ervas--de-guiné. Flores amarelas e sem perfume substituíram o *salapertuis*, remédio para todos os males do corpo, que só cresce da metade para cima dos morros. Minhas preces fizeram o resto.

Pela manhã, as cores voltaram ao rosto da senhora Elizabeth Parris. Ela pediu um pouco de água para beber. Perto do meio do dia, conseguiu se alimentar. A noite veio e ela dormiu como uma recém-nascida.

Três dias depois, ela me deu um sorriso medroso como o sol quando atravessa uma claraboia.

— Obrigada, Tituba! Você salvou minha vida.

7.

Moramos um ano em Boston, porque Samuel Parris esperava que seus correligionários, os Puritanos, oferecessem a ele uma paróquia. Coitado dele! As propostas não chegavam! Isso, creio eu, devia-se à personalidade de Parris. Por mais fanáticos e sombrios que fossem aqueles que compartilhavam de sua fé, ainda assim, eram menos do que ele, com sua alta figura zangada, a reprimenda e a exortação à boca, assustador. O pouco das economias que ele tinha trazido de sua incursão no mundo do comércio em Barbados derreteu como uma vela, e nós nos encontramos na pior das dificuldades. Às vezes, não tínhamos nada para comer durante o dia todo a não ser maçãs secas. Não tínhamos mais lenha para o aquecimento e ficávamos tremendo.

Foi aí que John Indien encontrou trabalho em uma taverna chamada The Black Horse. Sua tarefa era manter o fogo nas enormes lareiras diante das quais os clientes se aqueciam, varrer e esvaziar os lixos. Ele voltava ao clarear do dia fedendo a conhaque ou cerveja, mas com alguma comida escondida em suas roupas. Ele me contava com uma voz arrastada e sonolenta:

79

— Minha rainha, se você soubesse da vida que se leva aqui nessa cidade de Boston, a dois passos dos censores da Igreja como nosso Samuel Parris, você não acreditaria nos seus olhos nem nos seus ouvidos. Putas, marinheiros com brinco de argola na orelha, capitães de cabelos engraxados sob um chapéu de três pontas e até mesmo cavalheiros conhecedores da Bíblia cujas mulheres e crianças estão em casa. Toda essa gente bebe, xinga e fornica. Ah! Tituba, você não é capaz de compreender a hipocrisia do mundo dos brancos!

Eu o colocava na cama enquanto ele ainda tagarelava.

Dado seu humor, ele não tardou em fazer muitos amigos e me contar sobre suas conversas. Ele me disse que o Tratado se intensificava. É aos milhares que os nossos são arrancados de África. Ele me disse que nós não éramos o único povo que os brancos reduziram a escravizados, mas que também escravizavam os indígenas, primeiros habitantes da América, assim como tinham feito com nosso querido povo de Barbados.

Eu o escutava com estupor e revolta:

— No Black Horse, trabalham dois índios. Você vai ver como eles são tratados. Eles me contaram como foram desapropriados de suas terras, como os brancos dizimaram seus rebanhos e espalharam entre eles "a água de fogo" que em pouco tempo conduziu um homem ao túmulo. Ah! Os brancos!

Essas histórias me deixavam perplexa, e eu me esforçava para compreender:

— Será que é porque fizeram tanto mal a todos os seus semelhantes, àqueles que têm a pele negra, àqueles que têm a pele vermelha, que eles têm esse sentimento tão forte de estarem condenados?

John não foi capaz de responder a essas interrogações que, aliás, não lhe tocaram o espírito. De todos nós, ele era certamente o menos infeliz!

É certo que Samuel Parris não confiava seus pensamentos a mim, mas por vê-lo trancado em casa como um animal enjaulado, rezando ininterruptamente ou folheando seu livro terrível, foi fácil adivinhar o rumo das coisas! Sua presença constante se agitava sobre nós como uma poção amarga. Nada mais de furtivas e ternas trocas, nada de histórias contadas com rapidez, nada de canções cantaroladas na surdina! Em vez disso, ele pôs na cabeça que deveria ensinar Betsey a ler e escrever, e se serviu de uma formidável cartilha:

A — Na queda de Adão
Somos todos ensinados.
B — Somente a Bíblia
Pode salvar nossa vida.
C — O gato corre.
Mas depois arranha...

E de repente! A pobre Betsey, já tão frágil e impressionável, empalidecia e tremia.

Foi só a partir da metade de abril, quando o tempo clareou, que ele criou o hábito de sair depois do almoço para um passeio curto. Eu aproveitava para exercitar as meninas no pequeno jardim que ficava atrás da casa, e então, brincadeiras! Que danças de roda endiabradas! Eu tirava os horríveis chapéus que as faziam parecer velhas, desatava o cinto para que o sangue delas esquentasse e para que o rosado saudável do suor inundasse aqueles corpos pequenos. Em pé, no batente da porta, Elizabeth Parris recomendava fragilmente:

— Cuidado, Tituba! Que elas não dancem! Que elas não dancem!

No entanto, no minuto seguinte, ela se contradizia e fazia a mesura com entusiasmo diante dos nossos passos.

Fui autorizada a levar as pequenas até Long Wharf, onde ficávamos observando os barcos e o mar. Do outro lado daquela extensão líquida, um ponto: Barbados.

É estranho o amor ao país! Nós o carregamos dentro, como nosso sangue, como nossos órgãos. E basta que sejamos separados da nossa terra para sentir uma dor que surge do mais profundo de nós mesmos sem nunca diminuir. Eu revia a plantação de Darnell Davis, a Casa-Grande altiva e suas colunas no cume da tristeza, as suas cabanas escuras, apinhadas de sofrimento e de animação, crianças com a barriga inchada, mulheres envelhecidas antes do tempo, homens mutilados, e esse cenário sem alegria que eu tinha perdido tornou-se tão precioso para mim que lágrimas escorriam pela minha face.

Quanto às crianças, insensíveis à minha disposição, brincavam nas poças de água salgada, empurravam-se, caíam de costas entre as cordas e eu não conseguia me impedir de imaginar a cara que Samuel Parris faria se estivesse assistindo a cenas parecidas. Toda a vitalidade reprimida dia após dia, hora após hora, expulsa, e era como se o Maligno, que tanto temiam, tivesse enfim as possuído. Abigail era a mais livre das duas, a mais violenta, e eu ficava admirada ainda mais com seu dom de dissimulação. Quando voltávamos para casa, ela ficava muda e rígida ao ponto da perfeição diante de seu tio! Será que ela não repetiria com ele as palavras do seu Livro Sagrado? Seus gestos mínimos não estariam marcados de reserva e escrúpulos?

Numa tarde, voltando de Long Wharf, fomos testemunhas de um espetáculo, cuja terrível impressão nunca mais se dissipou de mim. Estávamos em Front Street quando vimos muitos negros, na praça situada entre a prisão, o Tribunal e a igreja. Haveria uma execução. A multidão se apertava então aos pés do palanque elevado, sobre o qual estava a forca. Ao redor dela se agitavam homens sinistros com chapéus de abas largas. Quando nos aproximamos, percebemos que uma mulher, uma velha, estava em pé, com a corda ao redor do seu pescoço. Bruscamente, um dos homens empurrou o pedaço de madeira sobre o qual os pés dela descansavam. Seu corpo se arqueou. Ouvimos um grito horrível e sua cabeça caiu para o lado.

Eu mesma urrei e caí de joelhos no meio da multidão excitada, curiosa, quase alegre.

Foi como se eu tivesse sido obrigada a reviver a execução da minha mãe. Não, não era apenas uma velha que balançava ali. Era Abena, na flor da idade e na beleza das formas! Sim, foi ela, e eu tinha novamente sete anos. E a vida recomeçou depois daquele momento!

Eu urrava, e, quanto mais eu urrava, mais eu tinha o desejo de urrar. De urrar meu sofrimento, minha revolta, minha raiva impotente. Que mundo era aquele que tinha feito de mim uma escravizada, uma órfã, uma pária? Que mundo era aquele que me separava dos meus? Que me obrigava a viver entre pessoas que não falavam a minha língua, que não compartilhavam a minha religião, num país feio, nada agradável?

Betsey correu até mim, me abraçando com seus braços fracos:

— Fica quieta! Quieta, Tituba!

Abigail, que tinha fugido para o meio da multidão exigindo explicações aqui e ali, voltou até nós e disse friamente:

— É, fica quieta! Ela só teve o que mereceu porque era uma bruxa. Ela tinha enfeitiçado os filhos de uma família honrada.

Consegui me levantar e encontrar o caminho da casa. A cidade inteira só falava da execução. Aqueles que tinham visto contavam àqueles que não tinham visto que a senhora Glover berrou ao ver a morte, que um cachorro uivou para a lua, que sua alma escapou sob a forma de um morcego, mas como um purê repugnante que escorria por suas pernas finas, prova da vilania do seu ser. Eu não tinha visto nada daquilo. Eu havia assistido a um espetáculo de completa barbárie.

Foi um pouco depois disso que me dei conta de que estava carregando em mim uma criança e decidi matá-la.

Na minha triste existência, fora os beijos de Betsey e os segredos trocados com Elizabeth Parris, os únicos momentos de alegria eram aqueles que eu passava com John Indien.

Sujo e tremendo de frio ou bêbado de cansaço, todas as noites meu homem fazia amor comigo. Como dormíamos num reduzido cômodo contíguo ao quarto do senhor e da senhora Parris, tínhamos que tomar cuidado para que não escutassem nenhum suspiro ou reclamação que pudesse revelar a natureza de nossas atividades. Paradoxalmente, nossas trocas furiosas ganhavam mais sabor.

Para uma escravizada, a maternidade não é uma alegria. Ela vem para expelirmos, em um mundo de servidão e abjeção, um pequeno inocente, cujo destino será impossível de mudar. Durante toda a minha infância, vi pessoas escravizadas assassinarem seu recém-nascido, plantando um longo espinho no ovo ainda gelatinoso de sua cabeça, cortando com uma lâmina envenenada seu cordão umbilical ou, ainda, abandonando-o à noite em algum lugar percorrido por espíritos zangados. Durante toda a minha infância, ouvi escravizadas trocando receitas de poções, de lavagens, injeções que esterilizavam para sempre sua matriz e a transformava em túmulos revestidos de mortalhas vermelhas.

Em Barbados, em um ambiente onde cada planta me era familiar, eu não teria tido dificuldades para me livrar de um fruto a caminho do mundo. Mas aqui em Boston, como fazer?

A menos de dois quilômetros da saída de Boston, se elevavam densas florestas que decidi explorar. Numa tarde, consegui escapar de casa, deixando Betsey brigar com sua temível cartilha e Abigail com seus dedos ocupados em uma tapeçaria, mas com o espírito visivelmente longe.

Uma vez fora, tive uma surpresa, havia uma graça naquele clima. As árvores, por tanto tempo esqueléticas, parecendo tristes paus, se ornavam de botões. Flores pontilhavam os prados verdejantes ao infinito como um mar tranquilo.

Quando eu estava prestes a entrar na floresta, um homem de figura escura e rígida, montado num cavalo, com o rosto afogado na sombra de seu chapéu, me chamou:

— Ô, negra! Não tem medo dos índios?

Dos índios? Eu temia menos esses "selvagens" do que os seres civilizados entre os quais eu vivia, que penduravam velhas em árvores.

Eu me inclinava sobre um arbusto perfumado que parecia muito com citronela, com suas propriedades múltiplas, quando ouvi chamarem meu nome:

— Tituba!

Sobressalto. Era uma velha com o rosto deformado como um pedaço de pão e nem por isso menos agradável.

Eu me espantei:

— Como sabe meu nome?

Ela tinha um sorriso misterioso:

— Eu a vi nascer!

Meu espanto aumentou:

— Você vem de Barbados?

Seu sorriso se acentuou:

— Eu nunca saí de Boston. Cheguei aqui com os primeiros Peregrinos e, desde então, nunca os deixei. Bem, muita conversa! Se você demorar muito, Samuel Parris vai perceber que saiu e você vai passar uns maus quinze minutos!

Fiquei firme:

— Não te conheço. O que quer comigo?

Ela se pôs a trotar para dentro da floresta e como me mantive imóvel, ela se virou e me lançou:

— Não seja teimosa: eu sou uma amiga de Man Yaya! Meu nome é Judah White!

A velha Judah me indicou o nome de cada planta e suas propriedades. Eu anotei de cabeça algumas das receitas que ela me revelou:

Para se livrar de verrugas, esfregue o local com um sapo vivo até que a pele do animal as absorva.

Durante o inverno, para prevenir os incômodos causados pelo frio, beba infusões de cicuta. (Cuidado, o sumo é mortal e pode ser utilizado para outros fins.)

Para evitar a artrite, carregue no dedo anelar da mão esquerda um anel feito de batata crua.

Todas as feridas podem ser curadas com emplastros de folha de couve e as bolhas, com purê de nabo cru.

Em caso de bronquite aguda, coloque o pelo de um gato preto sobre o peito do doente.

Dor de dente: se possível mastigue folhas de tabaco. Faça o mesmo em caso de dor de ouvido.

Para todos os tipos de diarreias: três vezes por dia, infusões de amora.

*

Voltei a Boston um pouco reconfortada, tendo aprendido a ver amigos em animais aos quais jamais havia prestado atenção: o gato de pelo preto, a coruja, a joaninha e a graúna.

Repassei mentalmente as palavras de Judah: "Sem a gente, o que seria do mundo, hein? O que seria? Os homens nos odeiam e, no entanto, nós damos a eles as ferramentas sem as quais a vida seria triste e limitada. Graças a nós, eles podem modificar o presente, quem sabe, ler o futuro. Graças a nós, eles podem ter esperança. Tituba, nós somos o sal da terra."

Naquela noite, uma torrente de sangue negro carregou meu filho para fora da minha matriz. Eu o vi bater os braços como um girino em desespero e comecei a chorar. John Indien, a quem eu não tinha confessado nada, e que acreditava num novo golpe de sorte, também chorou. É verdade que ele estava meio bêbado, tendo esvaziado muitas canecas de chope com os marinheiros que frequentavam a taverna Black Horse.

— Minha rainha! É agora que a nossa bengala da velhice se quebra! Sobre o que vamos nos apoiar quando nós dois estivermos corcundas nesse país sem verão?

Lutei para me recuperar da morte do meu filho. Eu sabia que tinha sido para o melhor. No entanto, a imagem daquele pequeno rosto, cujos contornos reais não conhecerei jamais, vinha me assombrar. Por uma estranha aberração, parecia que o grito que a senhora Glover dera, quando estava no corredor da morte, vinha das entranhas do meu filho, torturado pela mesma sociedade, condenado pelos mesmos juízes. Betsey e Elizabeth Parris perceberam meu estado de espírito, redobrando sua atenção e doçura que, em outros tempos, não teriam falhado em chamar atenção de Samuel Parris. Ou ele se encontrava constantemente preso a um humor cada vez mais sombrio, porque as coisas iam de mal a pior. O único dinheiro que entrava na casa era o que John Indien ganhava fazendo roncar o fogo das lareiras do Black Horse. Então, literalmente, estávamos morrendo de fome. O rosto das meninas emagrecia e elas boiavam dentro da roupa.

Entramos no verão.

O sol vinha iluminar os telhados cinza e os telhados azuis de Boston. Ele pendurou folhas nos galhos das árvores. Plantou longas agulhas de fogo na água do mar. Apesar da tristeza da vida, ele fez dançar o sangue em nossas veias.

Poucas semanas depois, Samuel Parris nos anunciou em um tom moroso que aceitara a oferta de uma paróquia e que partiríamos para a aldeia de Salem. Mais ou menos a trinta e cinco quilômetros de Boston. John Indien, que, como sempre, sabia de tudo, me explicou por que Samuel Parris parecia tão pouco entusiasmado. A aldeia de Salem tinha uma reputação muito ruim em Bay Colony. Duas vezes, dois ministros, o reverendo James Bayley e o reverendo George Burroughs, foram expulsos pela hostilidade de grande parte dos paroquianos, que se recusavam a prover a subsistência deles. O salário anual de sessenta e seis libras era uma ninharia, sobretudo porque a lenha não era fornecida, e os invernos eram rigorosos na floresta. Por fim, ao redor de Salem, viviam indígenas, ferozes e bárbaros, resolutos a escalpelarem cabeças que se aventuravam perto demais.

— Nosso senhor não terminou seus estudos...

— Estudos?

— Sim, em teologia, para se tornar pastor. Apesar disso, ele deseja que as pessoas o tratem como o reverendo Increase Mather ou como John Cotton em pessoa.

— Quem é essa gente?

Então John Indien se atrapalhou:

— Não sei, minha linda! Eu só ouvi alguém dizer os nomes.

Ainda passamos longas semanas em Boston. Tive tempo de retomar as principais recomendações de Judah White:

Antes de ocupar uma casa ou assim que a ocupar, coloque nos cantos de cada cômodo galhos de erva-de-passarinho e folhas de manjerona. Varra a poeira do oeste para o leste e a queime cuidadosamente antes de levar as cinzas para fora. Borrife urina fresca no chão, com a mão esquerda.

No pôr do sol, queime ramos de *populara indica* misturados com sal grosso.

Mais importante, prepare seu jardim e reúna nele tudo o que for simples e necessário. Caso contrário, cultive em caixas cheias de terra.

Não deixe de escarrar quatro vezes ao acordar.

Eu não escondo que, em todo caso, tudo aquilo me parecia pueril. Nas Antilhas, nossa ciência é mais nobre e depende mais das forças do que das coisas. Mas enfim, como me recomendou Man Yaya: "Se chegar ao país dos aleijados, se arraste pelo chão!"

8.

Lamento para meu filho perdido:

"A pedra da lua caiu na água.
Na água do rio
E meus dedos não puderam pescá-la de volta,
Pobre de mim!
A pedra da lua caiu.
Assentada sobre a rocha na margem do rio
Eu chorava e me lamentava.
Ó Pedra doce e brilhante!
Você brilha no fundo da água.
O caçador vai passar.
Com suas flechas e seu arco
Bela, Bela, por que chora?
Eu choro porque minha pedra da lua
Está no fundo da água.

Bela, Bela, se é por isso,
Eu vou te ajudar.
Mas o caçador mergulha e se afoga."

Eu ensinei esse lamento à Betsey e nós o cantarolávamos baixinho durante nossas raras conversas. Sua vozinha linda e dolente acompanhava muito bem a minha.

Um dia, para minha surpresa, ouvi Abigail cantando também! Eu queria repreender Betsey, dizer a ela para guardar para si as coisas que eu ensinava. Então, mais uma vez, pensei melhor. Abigail não era sua única companheira de brincadeiras? E não era uma criança? Uma criança não pode ser perigosa.

9.

A aldeia de Salem, que não deve ser confundida com a cidade de Salem, que por sua vez me pareceu muito bonita, foi recortada na floresta, como uma careca em um cabelo emaranhado.

Samuel Parris havia alugado três cavalos e uma carroça, e nós, nesta cena, parecíamos figuras bem lamentáveis! Felizmente, ninguém estava lá para nos receber. Àquela hora, os homens deveriam estar no campo, onde as mulheres lhes levavam refresco e comida. Samuel Parris nos mostrou a igreja, um enorme prédio cuja porta monumental era feita de vigas montadas, e continuamos nosso caminho. Quantos habitantes teria Salem? Apenas dois mil, sem dúvida, e vindos de Boston. O lugar parecia de fato ser um buraco. As vacas cruzavam a rua principal de modo despreocupado, tilintando os sinos pendurados no pescoço, e notei com surpresa que tinham pedaços de tecido vermelho presos aos chifres. De um cercado, subia o cheiro fétido de uma meia dúzia de porcos que chafurdavam em uma lama escura.

Chegamos em frente à casa reservada para nós. Ficava um pouco perdida no meio de um enorme jardim, completamente invadido por ervas daninhas. Dois plátanos negros a flanqueavam como velas, e eles se soltavam dela com uma hostilidade repulsiva. Samuel Parris ajudou sua pobre esposa a descer do cavalo, pois a viagem havia exaurido-a de modo considerável. Coloquei minha pequena Betsey no chão, enquanto Abigail, sem esperar por ajuda, pulou de cima da carroça e correu para a porta. Samuel Parris parou-a no meio do voo e trovejou:

— Nada disso, Abigail! Foi o demônio que entrou em você?

Apesar da minha pouca simpatia por Abigail, senti uma dor no coração diante do efeito que aquela frase produziu nela.

O interior da casa era a imagem de seu exterior. Sombria e pouco confortável. No entanto, certa mão atenta havia acendido o fogo em cada lareira, e as chamas devoravam alegremente pedaços de lenha.

Elizabeth Parris perguntou:

— Quantos quartos tem a casa? Tituba, vá ver aqueles que têm a melhor luz!

Sobre isso, Samuel Parris também encontrou algo a retrucar. Esmagando Elizabeth com o peso do seu olhar, deixou escapar:

— O único quarto bem iluminado não é o caixão à sombra, dentro do qual repousaremos um dia?

Então, ele caiu de joelhos para agradecer ao Senhor por nos ter protegido dos lobos e dos outros animais ferozes que infestavam as florestas nos separando de Boston. Aquela reza interminável acabou quando, enfim, a porta de entrada se abriu com uma queixa que nos sobressaltou. Uma pequena mulher tristemente vestida à moda puritana, mas com o rosto sorridente, deslizou para dentro da sala:

— Eu sou a irmã Mary Sibley. Acendi o fogo para vocês. Também deixei na cozinha um pedaço de carne, cenouras, nabos e uma dúzia de ovos.

Samuel Parris agradeceu e continuou:

— Você, uma mulher, é quem representa a congregação?

Mary Sibley sorriu:

— O quarto mandamento nos ordena a trabalhar e derramar o suor de nossa testa. Os homens estão nos campos. Ao retornarem, o diácono Ingersoll, o sargento Thomas Putnam, o capitão Walcott e ainda alguns outros virão dar as boas-vindas a vocês.

Então, eu me dirigi à cozinha, pensando no pobre estômago das crianças, para preparar a carne-seca que a irmã Mary Sibley teve a boa ideia de trazer. Depois de um momento, ela se juntou a mim e me encarou:

— Como Samuel Parris pode ter ao seu serviço um negro e uma negra?

Não havia nada de curiosidade inocente em sua voz, apenas malícia. Eu respondi de forma gentil:

— Não é a ele que se deve fazer essa pergunta?

Ela ficou um tempo em silêncio, depois concluiu:

— É estranho para um ministro!

Depois de um tempo, retomou:

— Como Elizabeth Parris é pálida! Ela sofre do quê?

Eu disse:

— Ninguém sabe exatamente a respeito de seu mal!

— É de se preocupar que a estada nesta casa não faça muito bem a ela! — Ela baixa a voz: — Duas mulheres morreram na cama do quarto de cima. Mary Bayley, a mulher do primeiro pastor desta paróquia. E Judah Burroughs, a mulher do segundo pastor.

Contra a minha vontade, fiz uma pequena exclamação de inquietação. Pois eu não ignorava como defuntos mal apaziguados podem perturbar os vivos. Não deveria eu fazer uma cerimônia de purificação e oferecer a essas pobres almas algo com que se satisfazer? Felizmente, a casa estava cercada por um grande jardim de onde eu podia ir e vir à vontade. Mary Sibley seguiu a direção do meu olhar e disse em uma voz perturbada:

— Ah, sim, os gatos! Estão por toda Salem. A gente não acaba de matar.

Uma verdadeira horda de gatos se perseguia pela grama. Eles miavam, deitavam de barriga para cima, erguendo as patas nervosas, terminadas em garras afiadas. Algumas semanas atrás, eu não encontraria nada de sobrenatural num espetáculo desses. Agora, instruída pela boa Judah White, compreendi que os espíritos do lugar me cumprimentavam. Como eram infantis os homens de pele branca que escolheram manifestar seus poderes através de animais como o gato! Nós preferimos animais de outra envergadura: a cobra, por exemplo, soberbo réptil com anéis escuros!

No instante em que entrei em Salem, senti que nunca seria feliz. Senti que minha vida conheceria terríveis provações e que eventos de uma dor inaudita branqueariam todos os cabelos da minha cabeça!

Quando a noite caiu, os homens retornaram dos campos e a casa se encheu de visitantes. Anne Putnam e seu marido Thomas, um colosso de três metros de altura, sua filha Anne, que imediatamente se pôs a cochichar pelos cantos com Abigail, Sarah Houlton, John e Elizabeth Proctor e tantos outros cujos nomes eu não poderia citar. Senti que era a curiosidade, mais do que a simpatia, que movia todas aquelas pessoas e que elas vinham julgar e avaliar o ministro para saber o papel que ele desempenharia na vida da aldeia. Samuel Parris nem se deu conta e se mostrou tal qual era todos os dias: odioso! Ele se queixou de que ninguém tinha cortado, em antecipação à sua vinda, as altas pilhas de madeira que estariam se acumulado no celeiro. Queixou-se de que a casa era velha, que a grama do jardim estava pelo joelho e que os sapos coaxavam bem debaixo de sua janela.

Mesmo assim, nossa instalação em Salem causou uma alegria que eu não sabia ser efêmera. A casa era tão grande que todos podiam ter seu próprio quarto. John Indien e eu tivemos o direito de nos refugiar sob o telhado, em um cômodo horrível, um sótão cujo teto era sustentado por um entrelaçado de varas podres. Naquela solidão, tivemos o direito de nos amar novamente sem freios, sem medidas, sem medo de sermos ouvidos.

Nesse momento de grande abandono, não pude deixar de murmurar:

— John Indien, eu tenho medo!

Ele acariciou meus ombros:

— O que se tornará o mundo se nossas mulheres tiverem medo? Ele desmoronará! O céu cairá e as estrelas que o constelam vão se misturar à poeira das estradas! Você, medo? De quê?

— Do amanhã que nos espera...

— Dorme, minha princesa. O amanhã que nos espera tem o sorriso dos recém-nascidos.

A segunda felicidade foi que, ocupado pelos deveres de seu cargo, Samuel Parris sempre estava para lá e para cá. Mal o víamos nas orações da manhã e da noite. Quando ele estava em casa, vivia cercado por homens com os quais discutia amargamente assuntos que não soavam religiosos:

— As sessenta e seis libras do meu salário vêm das contribuições dos habitantes da aldeia e são proporcionais ao tamanho da terra deles.

— A lenha para o aquecimento deve ser fornecida a mim.

— No dia da missa, as contribuições devem ser pagas em notas de papel... etc.

E, pelas costas, a vida tirava seus direitos.

Dali em diante, tive minha cozinha cheia de meninas.

Eu não gostava de todas elas. Sobretudo, não gostava de Anne Putnam e da pequena criada, que tinha quase a sua idade e a acompanhava por toda parte, Mercy Lewis. Havia algo nessas duas garotas que me fazia duvidar da pureza da infância. Afinal, talvez as crianças não estejam imunes às frustrações e aos pruridos da idade adulta? Em todo caso, Anne e Mercy me lembravam irresistivelmente dos discursos de Samuel Parris sobre a presença do Maligno em cada um de nós. Foi o mesmo com Abigail. Eu não duvidava da violência que havia nela, do poder de sua imaginação para dar uma volta particular aos menores incidentes que esmaltam o dia, e esse ódio, não, a palavra não é muito forte, que ela carregava ao mundo dos adultos como se não o perdoasse por ter construído um caixão para sua juventude.

De todo modo, se eu não gostava de todas, sentia pena delas, com a pele sebosa, o corpo tão rico em promessa, mas mutilado como essas árvores que os jardineiros se esforçavam para manter pequenas! Em contraste, nossa infância de pequenos escravizados, embora tão amarga, parecia luminosa, iluminada pelo sol das brincadeiras, das caminhadas, das andanças que fazíamos juntos. Deixávamos flutuar jangadas de cana-de-açúcar pelas corredeiras. Grelhávamos peixes rosa e amarelos em fogueirinhas de madeira verde. Dançávamos. E foi essa pena, contra a qual não pude me defender, que me fez tolerar essas crianças ao meu redor, que me forçou a alegrá-las. Eu não parava até conseguir fazer uma ou outra explodir em um grande riso até sufocar:

— Tituba, ô Tituba!

Suas histórias favoritas eram as de gente com pacto com o Diabo. Elas se sentavam ao redor de mim e eu respirava o cheiro acre daqueles corpos lavados com parcimônia. Elas me deixavam tonta com as perguntas:

— Tituba, você acha que tem gente possuída aqui em Salem?

Eu assenti com uma risada:

— Sim, e bem acho que Sarah Good é uma delas!

Sarah Good era uma mulher jovem ainda, mas despedaçada e meio mendiga, que as crianças temiam por causa do cachimbo fedorento que ela sempre tinha preso entre os dentes e também por causa das palavras confusas que resmungava sem parar, como se rezasse litanias compreensíveis apenas para ela mesma. Fora isso, tinha um bom coração, ao menos eu pensava assim! As crianças se esgoelaram:

— Você acha, Tituba? E Sarah Osborne, ela também é?

Sarah Osborne era uma velha, não era mendiga, bem ao contrário, dona de uma bela casa com paredes de carvalho, que tinha a seu descrédito algum erro cometido na juventude, sobre o qual eu não sabia.

Tomei fôlego e fiz um gesto como de quem refletia, deixando-as marinar no suco da própria curiosidade, antes de declarar sentenciosa:

— Talvez!

Abigail insistiu:

— Você já viu as duas, com a pele esfolada, voar pelos ares? E, Elizabeth Proctor, você a viu? Viu?

Eu fiquei séria, porque a senhora Proctor era uma das melhores mulheres da aldeia, a única que teve o bom coração de conversar comigo sobre a escravidão no país de onde eu vinha e seus habitantes.

— Você sabe que estou brincando, Abigail!

E eu mandei todas embora. Quando ficamos sozinhas, Betsey e eu, ela também me perguntou com sua voz fraca:

— Tituba, gente com pacto com o Diabo existe? Existe de verdade?

Eu a peguei em meus braços:

— E o que isso importa? Não estou eu aqui para proteger vocês se elas tentarem fazer qualquer mal?

Ela me fitou nos olhos e no fundo de suas pupilas dançava uma sombra que me esforcei para dissipar:

— Tituba sabe as palavras que curam todos os males, que lambem todas as feridas, que desembaraçam todos os nós! Você não sabia disso?

Ela ficou quieta e o tremor de seu corpo se acentuou, apesar das minhas palavras tranquilizadoras. Eu a apertei mais forte contra mim, e seu coração batia desesperadamente as asas como um pássaro enjaulado, enquanto eu repetia:

— Tituba tudo pode. Tituba tudo sabe. Tituba tudo vê.

Logo o círculo de meninas aumentou. Sob o impulso de Abigail, uma série de adolescentes grandes e desengonçadas, cujos seios avolumavam a bata e, estou certa, cujo sangue já corava as coxas em intervalos, se enfiou na minha cozinha. Eu não gostava mesmo delas. Nem de Mary Walcott, nem de Elizabeth Booth, nem de Susanna Sheldon. Seus olhos carregavam todo o desprezo de seus pais por aqueles de nossa raça. Ao mesmo tempo, elas precisavam de mim para apimentar o caldo sem gosto de sua vida. Então, em vez de me pedir coisas, elas me davam ordens:

— Tituba, cante para a gente uma canção!

— Tituba, conte para a gente uma história. Não, a gente não quer essa. Conta aquela de gente com pacto com o Diabo!

Um dia as coisas azedaram. A gorda Mary Walcott ficou me rondando até me dizer:

— Tituba, é verdade que você sabe tudo, vê tudo e pode tudo? Você então é uma bruxa?

Fiquei muito brava:

— Não use palavras cujo sentido você ignora. Você sabe o que é uma bruxa?

Anne Putnam se intrometeu:

— É claro que sabemos! É alguém que faz pacto com Satanás. Mary tem razão; você é uma bruxa, Tituba? Eu acho que sim.

Foi demais. Eu expulsei todas aquelas jovens víboras da minha cozinha e as persegui até a rua:

— Eu não quero mais vê-las perto de mim. Nunca mais. Nunca mais.

Quando elas se dispersaram, peguei a pequena Betsey e a repreendi:

— Por que é que você repete tudo o que eu lhe conto? Você quer que seja mal interpretado?

A criança ficou vermelha e se aninhou em mim:

— Perdão, Tituba! Eu não vou mais dizer nada a elas!

Desde que chegamos a Salem, Betsey estava mudando! Ela estava ficando cada vez mais nervosa e irritada, sempre chorando porque sim ou porque não, a fixar o vazio com suas pupilas arregaladas, tão grandes quanto uma moeda de meio centavo! Acabei me preocupando. Sobre aquela natureza frágil, os espíritos das duas defuntas que morreram no primeiro andar, sabe-se lá em que condições, agiriam. Seria necessário proteger a criança como tinha protegido sua mãe?

Ah não, nada me dava prazer na minha nova vida! Dia após dia, minhas apreensões se tornavam mais fortes e mais pesadas, como um fardo que eu jamais podia deixar. Eu dormia com ele. Ele se estendia sobre o corpo musculoso de John Indien. De manhã, ele pesava meu passo na escada e deixava minhas mãos lentas, enquanto eu preparava o mingau sem gosto do café da manhã.

Eu não era mais eu mesma.

Para tentar me reconfortar, usei um remédio. Enchi uma tigela de água e deixei perto da janela, de modo que eu pudesse vê-la enquanto girava e girava na cozinha e ali prendi o meu Barbados. Consegui fazê-lo de modo que tudo estivesse ali. A ondulação dos canaviais que se estendiam até as ondas do mar, os coqueiros recostados à beira do mar e as amendoeiras repletas de frutos vermelhos ou verde-escuros. Se eu distinguia mal os homens, podia ao menos ver as colinas, as cabanas, os engenhos de açúcar e as carroças de bois chicoteados por mãos invisíveis. Distinguia as casas e os cemitérios dos senhores. Tudo se movia no mais profundo silêncio no fundo da água da minha tigela, mas essa presença aqueceu meu coração.

Ocasionalmente, Abigail, Betsey, a senhora Parris me surpreendiam nessa contemplação e se surpreendiam também:

— Mas o que você tanto olha, Tituba?

Muitas vezes fiquei tentada a compartilhar meu segredo com Betsey e a senhora Parris, que, eu sabia, também sentiam muita falta de Barbados. Mas eu sempre acabava pensando melhor, movida por uma prudência recém-adquirida que ditava o meu ambiente. E então, eu me perguntava se o pesar e a nostalgia delas poderiam se comparar aos meus? Elas sentiam falta da doçura de uma vida mais fácil, uma vida de brancas, servidas, rodeadas de escravizados atentos. Mesmo que o senhor Parris terminasse por perder todos os seus bens e todas as suas esperanças, os dias que haviam se escorrido tinham sido feitos de luxo e volúpia. Do que eu sinto falta? A felicidade constante do escravizado. As migalhas que caem do pão árido de seus dias e com as quais se fazem doces. Os momentos fugazes de brincadeiras proibidas.

Não parecíamos estar no mesmo mundo, senhora Parris, Betsey e eu, e todo o carinho que eu tinha por elas não mudaria esse fato. No início de dezembro, quando as ausências e as desatenções de Betsey passaram do limite (ela não conseguia mais recitar o credo e recebeu, é facilmente compreensível, uma surra de Samuel Parris), decidi lhe dar um banho para começar.

Eu a fiz jurar segredo e, ao cair da noite, eu a mergulhei até o pescoço em um líquido ao qual tinha dado todas as propriedades do líquido amniótico. Não me tomou menos de quatro dias, trabalhando em condições difíceis de exílio, para conseguir tal coisa. Mas fiquei orgulhosa do resultado que obtive. Mergulhando Betsey nesse banho quente, parecia que as mesmas mãos que tinham dado a morte um tempo antes agora davam a vida, e eu me lavava do assassinato do meu filho. Eu a fiz repetir as palavras do ritual antes de segurar sua cabeça debaixo da água, depois retirei-a bruscamente, sufocada, os olhos afogados em lágrimas. Em seguida, enrolei seu corpo vermelho num grande cobertor antes de levá-la para cama. Ela dormiu como uma pedra, um sono que ela não conhecia. Depois, por muitas noites, ela me chamava diversas vezes com sua vozinha queixosa:

— Vem, Tituba! Vem!

Um pouco antes da meia-noite, quando eu já estava certa de que não encontraria nenhuma alma pelas ruas, saí rápido para jogar a água do banho numa encruzilhada, como recomendado.

Como a noite muda conforme o país que habitamos! Na nossa casa, a noite é um ventre de sombras dentro do qual ficamos sem força e trêmulos, mas, paradoxalmente, com os sentidos afiados, prontos a capturar os menores cochichos dos seres e das coisas. Em Salem, a noite era um muro escuro de hostilidade contra o qual eu iria me bater. As feras à espreita nas árvores obscuras fremiam maleficamente quando eu passava, enquanto mil olhares maliciosos me seguiam. Eu cruzei com a forma familiar de um gato preto.

Coisa estranha, aquele que deveria ter me saudado com uma palavra de conforto, miou raivosamente e arqueou suas costas sob a lua.

Dei uma boa caminhada até a encruzilhada de Dobbin. Uma vez lá, pousei o balde que levava na cabeça e gentilmente, com cuidado, espalhei seu conteúdo no chão embranquecido de geada. Quando a última gota de líquido se infiltrou na terra, ouvi algo como um farfalhar na grama. Sabia que Man Yaya e Abena, minha mãe, não estavam longe. No entanto, desta vez, elas não apareceram para mim e tive que me contentar em adivinhar sua presença silenciosa.

Logo o inverno acabou por enclausurar Salem. A neve atingia o parapeito das janelas. Todas as manhãs, eu lutava contra ela com grandes golpes de água quente e sal. E mesmo que eu tivesse feito de tudo, ela tinha sempre a última palavra. Logo o sol não quis mais se levantar. Os dias se arrastavam dentro de uma sombra angustiante.

10.

Eu não tinha entendido completamente a medida da devastação que a religião de Samuel Parris poderia causar, nem mesmo compreendido sua verdadeira natureza, antes de viver em Salem. Imagine uma comunidade de homens e mulheres esmagada pela presença do Maligno entre eles, procurando caçá-lo em todas as suas manifestações. Uma vaca que morreu, uma criança que teve convulsões, uma jovem que demorou a conhecer seu fluxo menstrual e estava sujeita a infinitas especulações. Quem, tendo se unido por um pacto com o terrível inimigo, havia provocado essas catástrofes? Era culpa de Bridget Bishop, que não aparecia na igreja por dois domingos seguidos? Não... era porque tínhamos visto Gilles Corey alimentando um animal abandonado na tarde do dia da missa? Eu mesma estava me envenenando nessa atmosfera perniciosa e me peguei, gratuitamente, a recitar litanias protetoras ou a executar gestos de purificação. Eu tinha, entre outras coisas, razões muito específicas para me sentir incomodada. Em Bridgetown, Susanna Endicott já havia me ensinado que, a seus olhos, minha cor era o sinal da minha intimidade com o Maligno. Daquilo, eu ainda poderia rir, eram apenas as elucubrações de uma megera que ficara ainda mais amarga pela solidão e pela velhice. Em Salem, essa convicção era partilhada por todos.

Havia dois ou três servos negros nas paragens, não sei como vieram parar aqui, nós não éramos apenas malditos, mas emissários visíveis de Satanás. Também, eles vinham sorrateiramente até nós para sussurrar repugnantes desejos de vingança, para se livrar da raiva e do rancor insuspeitos e para se esforçar para fazer o mal de todas as maneiras. Tanto que sabíamos que o mais devoto dos maridos sonhava apenas com a morte de sua esposa! Assim como acreditávamos que a mais fiel das esposas estava prestes a vender a alma de seus filhos para se livrar do pai. O vizinho queria o extermínio da vizinha, o irmão, o da irmã. Não eram apenas os filhos que desejavam acabar com os pais da maneira mais dolorosa que poderia existir. E foi o cheiro fétido de todos esses crimes, que só estavam esperando para serem cometidos, que acabou fazendo de mim outra mulher. E enquanto eu fitava a água azulada na minha tigela, me deixando levar pelo pensamento pelas margens do rio Ormonde, alguma coisa em mim se desfazia lenta e definitivamente.

Sim, eu me tornei outra mulher. Estrangeira de mim mesma.

Um fato acabava de me transformar. Sem dúvida pressionado pela falta de dinheiro e na impossibilidade de comprar uma montaria, Samuel Parris alugou John Indien para o diácono Ingersoll, a fim de que ele o ajudasse no campo. John Indien, então, não vinha dormir comigo no sábado, véspera da Missa, quando Deus ordena o repouso, mesmo o dos negros. Então, noite após noite, eu me enrolava como uma bola debaixo do cobertor fino demais, naquele cômodo sem fogo, ofegando de desejo por um ausente. Com frequência, quando eu acordava, John Indien, apesar de sua constituição robusta que tanto tinha feito a minha alegria, estava tão exausto de ter trabalhado como um animal que dormia, com o nariz encostado no meu seio. Eu acariciava seus cabelos ásperos e enrolados, cheia de pena e de revolta pela nossa sorte!

Quem, quem fez o mundo?

Em minha impotência e desespero, me pus a acariciar a ideia de me vingar. Mas como? Eu construía planos que rejeitava ao amanhecer para recomeçar a considerá-los ao cair da noite. Eu quase não comia. Não bebia. Eu vagava como um corpo sem alma, embrulhado no meu xale de lã ruim, seguida por um ou dois gatos pretos, enviados, sem dúvida, pela boa Judah White, para me lembrar de que eu não estava sozinha. Não era de se espantar que os habitantes de Salem tivessem medo de mim, eu tinha um ar temível!

Temível e medonho! Meus cabelos, que eu já não penteava, tinham formado uma espécie de juba em torno da minha cabeça. Meu rosto se cavava e minha boca estourava impudica, tensa, a rachar sobre minhas gengivas inchadas.

Quando John Indien estava perto de mim, ele se queixava com doçura:

— Você não está se cuidando, minha mulher. Antes você era uma pradaria onde eu passava. Agora, o matagal do seu púbis e a floresta dos seus sovacos até me desencorajam!

— Me desculpe, John Indien, e continue a me amar mesmo que eu não valha mais nada.

Peguei o hábito de atravessar a floresta a passos largos, pois cansando meu corpo, parecia que eu cansava também meu espírito e assim encontrava um pouco de sono. A neve embranquecia as trilhas e as árvores, com galhos nodosos que pareciam esqueletos. Um dia, ao entrar numa clareira, tive a impressão de chegar a uma prisão onde as paredes de mármore se fechavam ao meu redor. Eu podia ver o céu branco perolado por um buraco estreito acima da minha cabeça, e pareceu que a minha vida terminaria ali, envolvida naquela mortalha cintilante. Então, meu espírito poderia encontrar o caminho para Barbados? E mesmo se o fizesse, estaria condenado a vagar, impotente e sem voz como Man Yaya e Abena, minha mãe? Me lembrei de suas palavras: "Você vai estar tão longe e vai levar muito tempo para atravessar as águas!"

Ah, eu devia ter feito perguntas! Eu devia tê-las forçado a me revelar aquilo que eu não sabia prever! Porque esse pensamento não parava de me atormentar: se meu corpo seguia a lei da espécie, meu espírito entregue tomaria o caminho da minha terra natal?

Eu me aproximo da terra que perdi. Volto ao horror desertado de suas feridas. Reconheço seu cheiro. Cheiro de suor, de sofrimento e de trabalho. Mas, paradoxalmente, um cheiro forte e quente que me reconforta.

Uma ou duas vezes, vagando pela floresta, encontrei aldeões que se inclinavam desajeitadamente sobre a grama e as plantas fazendo caretas furtivas que revelavam os desenhos de seu coração. Isso me divertia muito. A arte de danar é complexa. Ela se baseia no conhecimento das plantas, deve ser associada a um poder de agir sobre as forças evanescentes como o ar, rebeldes que tratam de conjurar. Não se declara bruxa quem quer!

Um dia, quando eu estava sentada na mesma terra brilhante de geada, rodeada pelas pregas da minha saia, vi surgir dentre as árvores uma pequena silhueta inquieta e familiar. Era a de Sarah, a escravizada negra de Joseph Henderson. Ao me ver, ela fez um movimento para fugir, mas depois mudou de ideia e se aproximou.

Eu já disse que não sinto falta dos negros em Salem, corteses e agradecidos, mais maltratados do que os animais os quais muitas vezes eles comandavam.

Joseph Henderson, que vinha de Rowley, tinha se casado com uma das filhas da família Putnam, a mais importante da aldeia. Talvez esse casamento tenha sido calculado. Em todo caso, se revelou mal pago. Por razões sórdidas, o casal não recebeu os domínios que estavam esperando e viviam na miséria. Por conta disso, a senhora Priscilla Henderson era sempre a primeira a atravessar os portões da igreja, a primeira a entoar as preces e a mais furiosa a espancar sua serva. Ninguém mais se surpreendia com os inchaços que adornavam o rosto de Sarah nem com o persistente cheiro de alho, com que ela tentava se curar. Ela se deixou cair ao meu lado e me lançou:

— Tituba, me ajude!

Eu peguei suas mãos calosas e duras como um pedaço de madeira mal aplainado e perguntei:

— Como posso lhe ajudar?

Seu olhar vacilou:

— Todos sabem que seus dons são grandiosos. Me ajude a me livrar dela.

Eu fiquei quieta por um momento, depois sacudi a cabeça:

— Eu não posso fazer aquilo que o seu coração não se atreve a dizer. Quem me contou essa ciência me ensinou a curar, a apaziguar em vez de fazer o mal. Uma vez, como você, eu sonhava com o pior, mas ela me alertou: "Não se torne alguém que faz o mal."

Ela ergueu os ombros doentes sob o xale puído que os cobria:

— O ensinamento deve se adaptar às sociedades. Você não está mais em Barbados, entre nossos desafortunados irmãos e irmãs. Você está entre monstros que querem nos destruir.

Ao ouvir aquilo, me perguntei se era mesmo a pequena Sarah que falava assim ou se era o eco dos meus pensamentos mais secretos que ecoava no grande silêncio da floresta. Me vingar. Nos vingar. A mim, a John Indien, Mary Black, Sarah e todos os outros. Libertar o fogo, a tempestade. Tingir de vermelho a mortalha branca da neve.

Eu disse com uma voz incomodada:

— Não fale assim, Sarah! Venha me ver na minha cozinha. Não me faltam maçãs secas, se você tiver fome.

Ela se levantou, e o desdém do seu olhar me queimou como ácido.

Voltei sem pressa à aldeia. Sarah não me deu qualquer notícia e eu não podia fazer nada melhor do que passar três noites rezando, pedindo com todas as minhas forças:

"Atravessem as águas, ô meus pais!
Atravessem as águas, ô minhas mães!
Eu estou tão sozinha nesta terra longínqua!
Atravessem as águas?"

Mergulhada nessas angustiantes reflexões, passei em frente à casa da senhora Rebecca Nurse sem parar, quando ouvi chamarem meu nome. A senhora Rebecca Nurse caminhava com seus setenta e um anos, e, mulher mais doente que aquela, eu nunca tinha visto. Às vezes, suas pernas inflavam tanto que não podia se mexer nem um centímetro, e permanecia encalhada em sua cama como aquelas baleias que podem ser vistas dos navios negreiros. Mais de uma vez, seus filhos haviam me chamado e eu estava sempre disposta a aliviar sua dor. Naquele dia, seu rosto parecia menos chateado e ela sorriu pra mim:

— Me dá seu braço, Tituba, que eu vou caminhar um pouco com você.

Obedeci. Descemos ao longo da rua que levava ao centro da aldeia, ainda iluminada por um pálido sol. Eu estava imersa no meu terrível dilema quando ouvi Rebecca Nurse resmungar:

— Tituba, você não pode castigá-los? Foram aqueles Houlton que se esqueceram de prender seus porcos. Assim, mais uma vez, eles acabaram com a nossa horta.

Fiquei um instante sem entender. Em seguida, eu me dei conta do que ela esperava de mim. A ira se apossou de mim e larguei seu braço, deixando-a plantada, meio torta, diante de uma cerca.

Ah não! Não vão me fazer um deles! Eu não vou ceder. Não farei o mal.

Dias depois, Betsey ficou doente.

Não fiquei surpresa. Eu praticamente a tinha negligenciado nas últimas semanas, egoisticamente inclinada sobre mim e sobre a minha miséria. Nem sei mais se, pela manhã, recitava uma prece por ela e se a fazia tomar uma poção de cura. Para dizer a verdade, eu não a vi mais. Ela passava a maior parte do tempo com Anne Putnam, Mercy Lewis, Mary Walcott e as outras que, expulsas da minha cozinha, agora se trancafiavam no primeiro andar para se entregar a toda sorte de jogos, cujo caráter problemático eu não ignorava. Um dia, Abigail me mostrou um jogo de tarô que havia arranjado, sabe Deus como, e me perguntou:

— Acha que alguém pode ler o futuro com isso?

Eu tinha dado de ombros:

— Minha pobre Abigail, não são apenas pedaços de papelão colorido que serão suficientes para isso.

Ela então espalmou a mão de pele rosada onde o desenho das linhas se inscrevia:

— E aqui, alguém pode ler o futuro aqui?

Eu mantive os ombros encolhidos sem responder.

Sim, eu sabia que o bando de meninas se entregava a esses jogos perigosos. Mas eu fechava os olhos. Todas as asneiras, esses cochichos, essas risadas não as vingavam pelo terrível cotidiano da própria existência?

"No pecado de Adão
Todos nos afundamos..."
"A mancha que está na nossa testa
Não podemos apagá-la" etc.

Ao menos, dentro de algumas horas, elas estariam livres e leves.

Certa noite, depois da ceia, Betsey caiu dura no chão, os braços abertos, os olhos rolados, um riso exibindo seus dentes de leite. Corri para socorrê-la. Nem bem minha mão tinha tocado seu braço e ela se retraiu gritando. Fiquei paralisada. A senhora Parris, então, correu e apertou-a contra seu corpo, abandonando-se, a cobri-la de beijos.

Eu voltei à minha cozinha.

Quando veio a noite e todos se retiraram aos seus aposentos, esperei cautelosamente alguns momentos antes de descer a escada de madeira. Prendendo a respiração, abri a porta de Betsey, mas, para minha surpresa, o quarto estava vazio, era como se seus pais, para protegê-la de algum mal desconhecido, tivessem-na levado com eles.

Eu não consegui me impedir de rever a expressão no olhar que a senhora Parris me lançou. O mal desconhecido que tinha acometido Betsey não podia vir de outra senão de mim.

Mães ingratas!

Desde que deixamos Bridgetown, não cessei de me devotar à senhora Parris e à Betsey. Eu tinha vigiado seus menores espirros, parado seus primeiros ataques de tosse. Perfumado seus mingaus, temperado seus caldos. Saí num vento horrível para lhe buscar meio quilo de melado. Enfrentei a neve por algumas espigas de milho.

E, num piscar de olhos, tudo isso fora esquecido e eu me tornava uma inimiga. Quem sabe, na verdade, eu nunca tivesse sido outra coisa, e a senhora Parris estava com ciúme dos laços que me uniam à filha dela?

Se estivesse menos perturbada, teria tentado usar minha razão para compreender essa reviravolta. Elizabeth Parris vivia havia meses na atmosfera nociva de Salem, entre pessoas que me consideravam o agente de Satanás e que não hesitavam em dizê-lo, se surpreendendo que, junto com John Indien, eu fosse tolerada em uma casa cristã. É provável que tais pensamentos possam tê-la contaminado, mesmo que a princípio ela os tenha repelido com força. Mas eu não conseguia me distanciar da dor que estava sentindo. Torturada, voltei ao meu quarto e fui para a cama com minha solidão e minha tristeza. A noite passou.

No dia seguinte, fui a primeira a descer, como de costume, para preparar o café da manhã. Havia belos ovos frescos, e eu os batia em neve para fazer uma omelete, quando ouvi a família sentar-se à mesa para as preces cotidianas. A voz de Samuel Parris se elevou:

— Tituba!

Todas as manhãs, ele me chamava daquele jeito. Mas, naquele instante, sua voz soava particular e ameaçadora! Avancei sem demora.

Logo que me fiz enquadrar no vão da porta, apertando o meu xale, pois o fogo, recentemente aceso, ainda enfumaçava sem emanar calor, minha pequena Betsey saltou de sua cadeira e rolou pelo chão, pondo-se a urrar.

Em seus gritos, não havia nada de humano.

Todos os anos, em antecipação ao Natal, as pessoas escravizadas costumavam engordar um porco que matavam com dois dias de antecedência, para que sua carne se livrasse de todas as impurezas numa marinada de limão e folhas de pimenta-da-jamaica. Carneavam o animal ao amanhecer e depois o penduravam pelas patas nos galhos de uma cabaceira. Enquanto seu sangue corria, a princípio caudaloso e depois mais e mais lentamente, ele grunhia. Gritos roucos, insuportáveis que, de repente, o silêncio da morte ceifava.

Era assim que Betsey berrava. Como se de repente seu corpo de criança se transmutasse naquele de um animal vil, que um poder monstruoso habitava.

Abigail ficou, a princípio, visivelmente sem palavras. Então, seu olhar, do qual nada escapava, passou do rosto acusador de Samuel Parris àquele um pouco menos aterrador, da senhora Parris, depois ao meu, que devia exprimir a pior das confusões. Ela pareceu compreender o que acontecia e, então, como alguém imprudente que se joga num pântano sem saber o que sua superfície esverdeada recobre, saltou de sua cadeira e rolou pelo chão urrando do mesmo modo.

Aquele concerto hediondo durou alguns minutos. Depois, as duas crianças pareciam ter caído em catalepsia. Samuel Parris então disse:

— Tituba, o que foi que você fez com elas?

Eu teria adorado responder com uma gargalhada de soberano desdém antes de voltar à minha cozinha. Em vez disso, fiquei grudada no chão, aterrorizada, olhando fixamente para as meninas, sem conseguir pronunciar uma palavra sequer. Por fim, a senhora Parris proclamou com uma voz chorona:

— Veja o efeito dos seus sortilégios!

Então, eu a interrompi:

— Senhora Parris, quando a senhora estava doente, quem cuidou da senhora? Na miséria de Boston, onde a senhora quase se foi, quem fez o sol da cura brilhar na sua cabeça? Por acaso não fui eu? E agora a senhora fala de sortilégios.

Samuel Parris deu um giro, como um animal que descobre outra presa, e vocifera:

— Elizabeth Parris, seja clara. Você também, você se prestou a esse jogo com Satanás?

A pobre criatura cambaleou antes de cair de joelhos aos pés do marido:

— Me perdoe, Samuel Parris, eu não sabia o que estava fazendo!

Não sei o que Samuel Parris teria feito a ela se, naquele momento, Betsey e Abigail não tivessem saído do transe para começar a gritar de novo como duas condenadas.

Batidas não demoraram a ressoar contra a madeira da porta da frente, desferidas pelos punhos de nossos vizinhos. O rosto de Samuel Parris se transfigurou. Colocando um dos dedos sobre seus lábios, ele agarrou as duas crianças como se fossem varas de madeira e as levou ao primeiro andar. Depois de um tempo, a senhora Parris se recompôs e abriu as portas para os curiosos, balbuciando palavras tranquilizadoras:

— Não é nada, não é nada. Essa manhã, o senhor Parris decidiu dar um corretivo em suas filhas.

Os recém-chegados aquiesceram sonoramente:

— Eu acho que isso é o tipo de coisa que se deve fazer com mais frequência!

A senhora Sheldon, cuja filha Susanna não cansava de se trancafiar com Abigail, emitiu a primeira nota de desacordo:

— Isso parece o que aconteceu com os filhos de Goodwin. Contanto que elas não estejam enfeitiçadas...

Falando assim, as pessoas ficaram na dúvida, ela me encarou fixamente com seu olhar pálido e cruel.

A senhora Parris conseguiu moer um riso:

— O que você está procurando, senhora Sheldon? Será que você não sabe que a criança é como o pão que é preciso amassar? E creia, Samuel Parris é um bom padeiro!

Todos riram. Voltei para a minha cozinha. Com uma pequena reflexão, as coisas pareciam claras para mim. Voluntária ou involuntariamente, consciente ou inconscientemente, algo ou alguém jogou

Betsey contra mim, pois, nesse caso, acreditei que Abigail era apenas uma comparsa, capaz de fazer um bom papel. Era necessário recuperar a confiança da criança, o que eu sem dúvida conseguiria fazer se pudesse ficar sozinha com ela.

Era necessário, então, que eu me protegesse, coisa que tinha demorado a fazer! Era necessário ir por partes. Que eu reivindicasse olho por olho. As velhas lições humanitárias de Man Yaya não eram mais apropriadas. Aqueles ao meu redor eram tão ferozes quanto os lobos uivando para a morte nas florestas de Boston, e tive que me tornar um deles.

Havia ainda uma coisa que eu ignorava: a maldade é um dom recebido no nascimento. Não é adquirido. Aqueles de nós que não vieram ao mundo armados com esporas e ganchos saem perdendo em todas as lutas.

II.

— Eu olho para você, minha mulher quebrada, por todos os anos que passamos juntos, e digo a mim mesmo que você não entende esse mundo de brancos entre os quais vivemos. Você abre exceções. Acredita que alguns deles podem até ter alguma estima pela gente, gostar da gente. Você se engana! É preciso odiá-los sem distinção.

— Combina com você, John Indien, falar comigo assim! Você que é uma marionete na mão deles. Eu puxo esse fio, você puxa...

— Eu uso uma máscara, minha mulher desesperada! Pintada nas cores que eles desejam. Olhos vermelhos e arregalados? "Sim, senhor!" A boca beiçuda e violácea? "Sim, senhor!" Nariz achatado como um sapo? "Ao seu dispor, senhores e senhoras!" E atrás disso, eu sou eu, livre, o John Indien! Eu via você se maravilhar com essa pequena Betsey como se ela fosse uma bala de mel e eu dizia para mim mesmo: "Faça com que ela não se decepcione!"

— Então você acha que ela não me amava?

— Nós somos negros, Tituba! O mundo inteiro está contra a gente!

Eu me recolhi para perto de John Indien, pois as palavras que pronunciou eram muito cruéis. Por fim, balbuciei:

— E o que vai acontecer agora?

Ele ponderou:

— Mais do que com qualquer coisa, Samuel Parris está preocupado com que o rumor de que suas filhas estejam enfeitiçadas não se espalhe por Salem. Ele chamou o doutor Griggs, na esperança de que seja uma doença comum e ordinária. As coisas só vão dar errado se o infeliz do médico não conseguir curá-las.

Eu gemi:

— John Indien, Betsey não pode estar doente. Eu a protegi de tudo...

Ele me interrompeu:

— Aí que está a desgraça! Você quis protegê-la! Ao contar os detalhes, ó, inocentemente, eu acho, para Abigail e a companhia de diabinhas, ela fez o veneno! Pobre! Ela foi a primeira a ser envenenada!

Eu me debulhei em lágrimas. John Indien não me consolou, dizendo, ao contrário, com uma voz rude:

— Lembra que você é a filha de Abena?

Essa frase fez com que eu voltasse a mim um pouco. Pela claraboia estreita, o dia entrava sujo como um pano de chão. Precisávamos levantar, atender ao cotidiano das coisas.

Samuel Parris, já de pé, se preparava para ir à igreja, pois era dia de Missa. Seu chapéu preto comia a metade de sua testa, reduzindo sua face a um triângulo de linhas duras. Ele se virou para mim:

— Tituba, eu não acuso sem provas. Também reservo meu julgamento a mim. Mas, se amanhã o doutor Griggs concluir que é mesmo influência do Maligno, eu vou te mostrar o homem que sou.

Eu ri com desdém:

— O que o senhor chama de provas?

Ele continuou me olhando:

— Eu te farei confessar o que fez às minhas filhas e vou te pegar pelo pescoço. Que bela fruta terão as árvores de Massachusetts!

Nesse momento, a senhora Parris e suas duas filhas entraram no cômodo, Abigail segurava o livro de preces.

Ela caiu primeiro e começou a urrar. Por um instante, Betsey permaneceu em pé, o rosto vermelho, hesitante, me pareceu entre o afeto e o terror. Então, caiu ao lado de Abigail.

Era minha vez de urrar:

— Parem, parem! Vocês sabem bem, Betsey e Abigail, que eu nunca faria mal a vocês. Principalmente você, Betsey! Tudo o que eu queria era fazer o bem!

Samuel Parris veio para cima de mim, a força da sua raiva era tanta que estremeci e me curvei, como se ele tivesse me dado um tapa:

— Explique-se! Você falou demais! O que fez a elas?

Mais uma vez, fui salva pela tropa de vizinhos, alertados, como no dia anterior, por todo o barulho. Eles formaram um círculo respeitoso e mudo de horror em torno das crianças, que continuaram com suas convulsões mais indecentes. John Indien, que, por sua vez, tinha descido, sem dizer uma palavra, foi pegar um balde de água na cozinha e *tchá*! Jogou a água nas nossas pequenas dementes. Isso as acalmou. Elas se levantaram, pingando, quase constritas. Em procissão, seguimos o caminho da igreja.

O tumulto recomeçou na hora em que tomamos nosso lugar no banco de orações. John Indien tinha o hábito de entrar primeiro, eu, em seguida, e, assim, a senhora Parris e eu emoldurávamos as meninas. Quando chegou a vez de Abigail dar um passo à frente para se ajoelhar ao meu lado, ela parou, deu um pulou para trás, que a lançou ao corredor central, e gritou.

Imagine o culto de domingo em Salem! Todos estavam lá, John Putnam, o vendedor de rum, Thomas Putnam, o sargento e Anne, sua esposa, Gille Corey e sua esposa, Martha, suas filhas e os maridos de suas filhas, Johanna Chibum, Nathaniel Ingersoll, John Proctor e Elizabeth... e outros, e ainda outros! Também reconheci os rostos com olhos brilhantes de excitação das meninas e adolescentes, companheiras das perigosas brincadeiras de Abigail e Betsey. Como elas queimavam de inveja de se atirar no chão também, atraindo os olhos de toda uma assembleia! Senti que elas não parariam até que também entrassem na dança.

Desta vez, Abigail foi a única a se contorcer e provocar comoção. Betsey não a imitou. Depois de um tempo, ela se calou e ficou prostrada, os cabelos metade para fora do chapéu. John Indien se levantou, saiu do banco e a pegou em seus braços, levando-a para casa. O resto do culto se passou sem mais nenhum incidente.

Confesso que sou ingênua. Eu estava convencida de que mesmo uma raça infame e criminosa poderia produzir indivíduos sensíveis e bons, como uma árvore atrofiada pode dar frutos generosos. Eu acreditava na afeição de Betsey, temporariamente desgarrada sabe-se lá por quem, mas a qual eu não precisava me desesperar para reconquistar. Eu me aproveitei do momento em que a senhora Parris desceu para responder a um bando de curiosos que deseja saber notícias das crianças, antes de subir para seus aposentos.

Ela estava sentada contra a janela, com os dedos imóveis sobre o papel de parede e no pôr do sol, sua face pequena estava impregnada de uma expressão que apertou meu coração. Com o barulho dos meus passos, ela ergueu a cabeça e, rapidamente, sua boca se arredondou para deixar escapar um grito. Eu me apressei e tapei sua boca com a mão. Ela me mordeu de modo tão cruel que o sangue respingou e ficamos nos olhando até que, lentamente, uma poça escarlate se formou no assoalho.

Eu disse do jeito mais gentil que pude, apesar da dor:

— Betsey, quem te jogou contra mim?

Ela sacudiu a cabeça:

— Ninguém, ninguém.

Eu insisti:

— Foi Abigail?

Ela continuou a sacudir a cabeça de modo cada vez mais convulsivo:

— Não, não, elas só me disseram que o que tinham feito comigo era algo ruim.

Eu disse no mesmo tom:

— Por que vócê contou a elas? Eu não lhe disse que tudo deveria ser um segredo nosso?

— Eu não consegui, eu não consegui! Todas essas coisas que você fez comigo!

— Mas eu não te expliquei que era para o seu bem?

Seu lábio superior se retorceu num sorriso feio que expôs suas gengivas doentes:

— Você, fazer o bem? Você é uma negra, Tituba! Você só pode fazer o mal! Você é o Mal!

Essas palavras, eu já as tinha ouvido ou lido sua substância nos olhares. Mas nunca imaginei que elas cairiam de uma boca que me era tão querida! Fiquei sem voz. Betsey sibilou, como uma mamba[4] das ilhas:

— Aquele banho que você me obrigou a tomar, o que tinha nele? O sangue de um recém-nascido que você matou por maldade?

Eu fiquei estarrecida.

— O gato que você alimenta todas as manhãs? É Ele, não é?

Comecei a chorar.

— Quando você caminha pela floresta, é para se encontrar com elas, não? As outras, suas semelhantes, e dançar com elas, não é?

Eu procurava forças para sair do quarto.

Atravessei a sala de jantar, cheia de matronas animadas e falantes e me retirei para a minha cozinha. Alguém tinha desaparecido com a tigela na qual eu contemplava os contornos do meu Barbados, me sentei, enrijecida pela tristeza, em um banquinho. Enquanto eu estava sentada lá, comprimida sobre mim mesma, Mary Sibley veio me procurar. Sentia tão pouca simpatia por ela como pelo restante das mulheres da

---

4. Serpente venenosa.

aldeia. No entanto, confesso que, uma ou duas vezes, ela falou comigo com bastante compaixão sobre o destino que os homens de pele branca traçaram para os negros. Ela me pegou pelo braço:

— Ouça, Tituba! Logo a matilha de lobos se lançará sobre você, te rasgará e se apressará em lamber os lábios antes que o sangue talhe e perca seu sabor. Você deve se defender e provar que essas crianças não estão enfeitiçadas.

Fiquei surpresa e disse, desconfiando dessa solicitude inesperada:

— Adoraria ser capaz disso. Infelizmente, não conheço os meios.

Ela baixou a voz:

— É a única que não sabe. É só fazer um bolo para elas. A diferença é que, em vez de misturar farinha com água, você vai misturar urina. Então, uma vez assado no forno, vai dar para elas comerem...

Eu a interrompi:

— Senhora Sibley, apesar de todo o respeito que lhe devo, vá contar suas baboseiras longe de mim!

Ela deu um giro na direção de John Indien, que entrava naquele exato momento:

— Ela sabe, sabe o que se faz com as bruxas? Eu estou me esforçando para ajudar e ela ri na minha cara!

John Indien se põe a olhar de um lado para o outro e diz numa voz chorosa:

— Sim, senhora Sibley. Me ajude! Ajude a pobre Tituba e o pobre John Indien.

Mas eu fiquei firme:

— Suas baboseiras, senhora Sibley, vá contá-las longe de mim!

Ela saiu muito ofendida, seguida por John Indien, que em vão se esforçava em acalmá-la. Perto do fim do dia, aquelas que eu havia expulsado da minha cozinha entraram todas em fila. Todas! Anne Putnam. Mary Walcott. Elizabeth Hubbard. Mary Warren. Mercy Lewis. Elizabeth Booth. Susanna Sheldon. Sarah Churchill. E eu compreendi que elas tinham vindo me insultar. Que vinham para se fartar com o espetáculo do meu fracasso. Ah, ainda nem era o começo! Eu cairia muito mais baixo. Eu me machucaria muito mais. E, nessa feliz antecipação, seus olhos brilhavam com crueldade. Elas estavam ficando quase bonitas, com seus atributos disformes! Estavam ficando quase desejáveis, Mary Walcott, com a bunda em forma de um baú das Índias; Mary Warren com seus seios de pera murcha. Elizabeth Hubbard com seus dentes de pedra para fora da boca.

Essa noite eu sonhei com Susanna Endicott e me lembrei das suas palavras:

— Viva ou morta, eu te perseguirei.

Era essa sua vingança? Estaria morta e enterrada no cemitério de Bridgetown? Sua casa teria sido vendida à melhor oferta e seus bens distribuídos aos pobres, como ela desejava?

Então era essa sua vingança?

John Indien voltava à casa do diácono Ingersoll, minha cama estava vazia e fria como a tumba onde me jogariam. Eu abri a cortina e vi a lua, sentada como uma amazona no meio do céu. Um lenço de nuvens se enrolou em seu pescoço e o céu ao redor se tingiu.

Eu tremi e fui deitar de novo.

Um pouco antes da meia-noite, minha porta se abriu e eu me encontrava em tal estado de excitação e angústia que pulei sentada sobre a cama. Era Samuel Parris. Ele não pronunciou palavra sequer e ficou em pé na penumbra, seus lábios tartamudeando preces que eu podia adivinhar. Durante um tempo que me pareceu infinito, sua silhueta longilínea permaneceu imóvel, escorada na parede. Depois ele se retirou do mesmo modo que veio, e eu podia jurar que tinha sonhado. Com ele também.

Pela manhã, o sol acabou me tomando em suas mãos benfeitoras. Ele foi atencioso comigo. Ele me ofereceu um passeio pelas colinas do meu Barbados. Revi a cabana onde eu tinha passado dias felizes, naquela solidão que, só hoje me dou conta, me fez tanto bem. Minha cabana não havia mudado! Apenas um pouco mais bamba. Apenas com um pouco mais de limo. A macieira estava cheia de frutos. A cabaceira exibia cabaças redondas, que lembravam o ventre de mulheres grávidas. O rio Ormonde cantava como um recém-nascido.

Terra, terra perdida? Nunca mais poderei te encontrar?

12.

O doutor Griggs e eu mantínhamos relações excelentes. Ele sabia que eu tinha feito maravilhas para cuidar dos torpores da senhora Parris e que foi graças a mim que ela pôde cantar os salmos aos domingos na igreja. Também sabia que eu havia curado a tosse e a bronquite das meninas. Uma vez, veio me perguntar sobre um emplastro para uma ferida feia que seu filho tinha no tornozelo.

Até então, parecia que ele não via malícia nos meus talentos. No entanto, naquela manhã, quando entrou pela porta de Samuel Parris, evitou olhar para mim, e entendi que ele se preparava para passar para o lado dos meus acusadores. Ele subiu a escada que levava ao primeiro andar e eu o ouvi fazendo uma voz abafada à senhora Parris. Depois de um tempo, a voz de Samuel Parris ressoou:

— Tituba, venha aqui.

Obedeci.

Betsey e Abigail se encontravam no quarto dos pais, sentadas uma ao lado da outra, sobre a enorme cama, coberta com uma colcha. Eu mal havia entrado no quarto e elas se jogaram no chão, dando gritos de pavor. O doutor Griggs não se deixou levar. Pousou sobre a mesa uma série de livros grossos com capa de couro, que abriu cuidadosamente em páginas anotadas e se pôs a ler com grande seriedade. Então ele se virou para a senhora Parris e ordenou:

— Tire a roupa delas!

A infeliz pareceu assustada, e eu me lembrei de suas confidências com relação ao seu marido: "Minha pobre Tituba, ele não tira nem as roupas dele nem as minhas!"

Essa gente não suporta a nudez, mesmo de uma criança!

O doutor Griggs repetiu num tom de quem não sofria nem com procrastinação nem com contradição:

— Tire a roupa delas!

Ela teve que executar a tarefa.

Eu imagino a dificuldade que ela teve em desnudar as meninas que ficaram tão imóveis quanto minhocas cortadas ao meio e uivavam como se estivessem sendo esfoladas vivas! Ela conseguiu chegar ao fim, e os corpos das meninas apareciam, o de Betsey perfeitamente infantil, o de Abigail, movido pela adolescência com uma horrorosa penugem no púbis e os halos dos mamilos rosados. O doutor Griggs as examinou com cuidado, apesar dos abomináveis epítetos que Abigail proferia, pois ela começou a misturar seus urros com os insultos mais vis. Finalmente, ele se virou para Samuel Parris e disse com gravidade:

— Eu não noto desordem no baço ou no fígado, nem congestão da bílis, nem aquecimento do sangue. Eu não noto nenhuma causa física. Então, devo concluir: a mão do Maligno está mesmo sobre elas.

Essas palavras foram saudadas com uma torrente de grunhidos, berros e rugidos. Aumentando a voz para dominar o tumulto, o doutor Griggs prosseguiu:

— Mas eu sou apenas um médico do campo. Chame, pelo amor maior à verdade, colegas mais sábios que eu.

Então, ele recolhe seus livros e se vai.

Um silêncio brusco se faz no quarto, como se Abigail e Betsey percebessem a enormidade daquilo que havia sido dito. Depois, Betsey explode em soluços patéticos nos quais pareciam entrar o medo, o remorso e um cansaço infinito.

Samuel Parris me espremeu no patamar da escada e, com uma bordoada, me derrubou contra a divisória. Depois, veio para cima de mim e me pegou pelos ombros. Eu não tinha me dado conta de que ele era tão forte, suas mãos eram como as garras das aves de rapina, e eu nunca havia respirado tão de perto o desleixado cheiro do seu corpo. Ele martelou:

— Tituba, se for provado que foi você quem as enfeitiçou, eu repito, eu te coloco numa forca!

Eu tive força para protestar:

— Por que o senhor pensa logo em mim quando se trata de algum feitiço? Por que o senhor não pensa nas suas vizinhas? Mary Sibley parece conhecer um bocado disso. Pergunte a ela!

Então comecei a me comportar como um animal que, ferido, morde e agarra quem ele pode.

O rosto de Samuel Parris ficou endurecido, a boca reduzida a um pequeno traço sanguinolento. Ele me largou:

— Mary Sibley?

No entanto, estava escrito que ele não pediria nenhuma explicação a ela, pelo menos neste momento, porque um bando de megeras entrou vociferando na sala abaixo. O mal correu e alcançou outras meninas da aldeia. Uma após a outra, Anne Putnam, Mercy Lewis e Mary Walcott haviam ficado sob o que decidiram chamar as garras do Maligno.

De norte a sul de Salem, por sobre as prisões de madeira das casas, sobre seus cercados de bicho, seus campos de zimbro e margarida, se ergueu um tumulto de vozes. Vozes das "possuídas". Vozes dos pais aterrorizados. Vozes dos servos ou dos próximos que tentavam ajudar. Samuel Parris parecia muito cansado:

— Amanhã vou a Boston me aconselhar com as autoridades.

O que tenho a perder?

Levantando minha saia sobre tocos de madeira que faziam meus pés sangrarem, corri para Anne e Thomas Putnam. Thomas Putnam era inquestionavelmente um dos homens mais ricos de Salem. Esse colosso, formidável com seu chapéu de um metro de circunferência e sua pesada capa de tecido inglês, formava um orgulhoso contraste com sua esposa, que, em voz baixa, todos concordavam em reconhecer que era louca. Em mais de uma ocasião, sua filha, a pequena Anne, havia me contado sobre o desejo de sua mãe de falar comigo sobre visões que ela tinha.

— Que visões?

— Ela vê certas pessoas queimarem no Inferno!

Entende-se que, depois de tais observações, preferi evitar qualquer contato com Anne Putnam!

Na multidão que enchia o piso térreo dos Putnam, ninguém prestava atenção em mim e pude, à vontade, observar os caracóis da pequena Anne. Em um momento, ela se levantou, apontou para a parede e disse num tom teatral:

— Ali, ali, eu vejo seu nariz como o bico de uma águia, seus olhos como bolas de fogo e todo o seu corpo coberto de longos pelos. Ali, ali eu o vejo!

O que esperávamos? Ver essa multidão de adultos rindo na cara dela antes de consolar seu possível medo infantil? Em vez disso, a plateia correu em todas as direções, caiu de joelhos, recitando salmos e orações. A única que botou as mãos nos quadris e encarou os vizinhos impertinentes foi Sarah Good. Ela foi ainda mais longe a ponto de acrescentar:

— O que estão esperando para ir dançar com ele? Se suas criaturas estão aqui nesta sala, penso que vocês também são criaturas dele.

Então, pegando sua pequena Dorcas pela mão, se retirou. Eu deveria ter feito o mesmo. Porque, ao movimento que essa partida produziu, seguiram-se palavras zombeteiras, todos olhavam para o seu vizinho e eu fui descoberta num canto onde eu me refugiara.

Foi a senhora Pope que me jogou a primeira pedra:

— Que bela recruta Samuel Parris nos trouxe! Na verdade, ele não conseguiu fazer crescer o ouro e caiu de novo nessa figueira maldita!

A senhora Pope era uma mulher sem marido, como tantas em Salem, e que passava a maior parte do seu tempo indo de casa em casa com uma cesta cheia de fofocas. Ela sabia sempre por que tal recém-nascido tinha morrido, por que o ventre de tal esposa continuava vazio e, em geral, todo mundo fugia dela. No entanto, dessa vez, ela foi unanimidade. A senhora Huntchinson se juntou a ela e recolheu a segunda pedra:

— Desde que ele apareceu na aldeia com sua cara de luto na bagagem, entendi que ele tinha aberto a porta da desgraça! E agora, a desgraça está sobre todos nós. O que eu poderia dizer em minha defesa?

Para minha surpresa, Elizabeth Proctor, que observava tudo com grande aflição, ousou levantar sua voz:

— Parem de condenar antes mesmo do julgamento. Nós não sabemos se isso é mesmo bruxaria...

Dez vozes cobriram a sua:

— Claro que sim! Claro que sim! O doutor Griggs confirmou!

A senhora Proctor ergueu corajosamente seus ombros:

— Ah, sim! E vocês nunca viram um médico se enganar? Não foi este mesmo Griggs que levou ao cemitério a mulher de Nathaniel Bayley, tentando curar sua garganta, quando na verdade ela tinha o sangue envenenado?

Eu disse a ela:

— Não tenha pena de mim, senhora Proctor! Baba de sapo nunca diminuiu o perfume das rosas!

Certamente, poderia ter escolhido melhor a comparação e meus inimigos não se furtaram de perceber isso e caíram na gargalhada:

— Quem é a rosa? É você? Você? Minha pobre Tituba, você se engana, sim, você se engana na sua cor.

Mesmo que Man Yaya e Abena, minha mãe, não falassem mais comigo, eu certamente as sentia ao meu redor, vez ou outra. Com frequência, pela manhã, uma sombra frágil se agarrava às cortinas do meu quarto antes de se enrolar ao pé da cama e me passar, impalpável como era, um calor surpreendente. Eu reconhecia então Abena e sua fragrância de madressilva que se espalhava no meu miserável reduto. O cheiro de Man Yaya era mais forte, quase apimentado, mais insidioso também. Man Yaya não me transmitia calor, mas dava ao meu espírito uma espécie de agilidade, a convicção de que, no fim das contas, ninguém conseguiria me destruir. Se quisermos esquematizar resumidamente, diríamos que Man Yaya me trazia a esperança e Abena, minha mãe, a ternura. No entanto, convenhamos que, diante dos graves perigos que me ameaçavam, eu tinha necessidade de uma comunicação mais direta. Com palavras. Nada, às vezes, vale mais do que as palavras. Muitas vezes mentirosas, muitas vezes traidoras, elas permanecem um bálsamo insubstituível.

Num pequeno cercado, atrás da nossa casa, eu criava aves para as quais John Indien construiu um poleiro. Eu as sacrificava com frequência para os meus queridos invisíveis. No momento, porém, eu precisava de outros mensageiros. A duas casas de distância, a velha senhora Huntchinson se gabava de seu rebanho de ovelhas, de um animal, sobretudo, com a lã imaculada e a testa marcada com uma estrela. Ao romper do dia, quando soava o clarim que anuncia a todos os habitantes de Salem a hora de honrar seu deus com trabalho, um pastor, cujos serviços ela contratou, seguido por dois ou três cães, sempre tomava o caminho do pastoreio comunal, situado no final da aldeia. A senhora Huntchinson até teve algumas brigas feias porque se recusou a pagar impostos de pastagem.

Salém era isso. Uma comunidade onde saqueavam, enganavam e roubavam se escondendo atrás do manto de Deus. E a Lei tinha marcado muito bem os ladrões com um B,[5] açoitado, cortado as orelhas, rasgado a língua; ainda assim, os crimes se proliferavam!

---

5. B de *Burglary* (roubo, em inglês).

Tudo isso para dizer que não tive nenhum escrúpulo de roubar de uma ladra!

Desatei a corda do cercado e deslizei entre os animais sonolentos, um pouco inquietos. Peguei o carneiro. Ele começou resistindo ao meu comando, indo cada vez mais para trás. Porém, eu era a mais forte e ele teve que me seguir.

Eu o levei até os limites da floresta.

Nós nos olhamos por um breve instante, ele, a vítima, eu, o carrasco, tremendo, suplicando que ele me perdoasse e tomasse minhas preces com o sacrifício do seu sangue. Então, cortei seu pescoço com um gesto limpo, sem erro. Ele caiu de joelhos enquanto a terra ao redor dos meus pés se umedecia. Eu untei minha testa com esse sangue fresco. Em seguida, estripei o animal, sem prestar atenção ao fedor dos órgãos e excrementos. Separei quatro partes iguais de sua carne e apresentei aos quatro pontos cardeais antes de deixá-las como oferenda para os meus.

Depois disso, fiquei prostrada enquanto preces e encantamentos se batiam na minha cabeça. Iriam elas, enfim, falar comigo, aquelas de onde eu tinha extraído minha vida? Eu precisava delas. Eu não tinha mais minha terra. Eu só tinha o meu homem. Eu tive que matar meu filho. Então, eu precisava delas, elas que me fizeram nascer. Um tempo que eu não saberia medir se passou. Houve um ruído nos arbustos. Man Yaya e Abena, minha mãe, estavam diante de mim. Iriam elas enfim romper seu silêncio no qual nos chocávamos como se fosse um muro? Meu coração batia desolado. Por fim, Man Yaya falou:

— Não se aflija, Tituba! Você sabe disso, a má sorte é a irmã gêmea do negro! Ela nasce com ele, vai para a cama com ele, contesta o mesmo peito murcho. Ela come o peixe do seu cozido. Ainda assim, o negro resiste! E aqueles que querem vê-lo desaparecer da face da terra estarão sempre lá. Ainda assim, você será a única a sobreviver!

Eu supliquei:

— Eu vou voltar a Barbados?

Man Yaya ergue os ombros e somente diz:

— Isso é uma questão?

Depois, com um leve sinal de mão, ela desaparece. Abena, minha mãe, ficou um pouco mais, emitindo sua cota usual de suspiros. Por fim, desapareceu, sem me dar nenhum outro esclarecimento.

Eu me levantei um pouco tranquilizada. Apesar do frio, as moscas, atraídas pelo cheiro de sangue e da carne fresca, começavam a voar por ali. Voltei para a aldeia, onde o clarim do despertar já tinha soado. Não restava dúvida de que eu tinha passado muito tempo em oração. Sarah Huntchinson acabara de ser tirada da cama pelo pastor, que notou o desaparecimento da estrela do rebanho. Com os cabelos desgrenhados por baixo de seu chapéu, ela urrou sua raiva:

— Um dia, a vingança de Deus vai se abater sobre os habitantes de Salem, como aquela de Deus sobre os habitantes de Sodoma e, como em Sodoma, não haverá nem dez justos para que a cidade seja poupada da punição suprema. Ladrões, caverna de ladrões!

Eu carreguei a hipocrisia até que parei como se eu compartilhasse da sua emoção e, baixando a voz, ela me levou para um canto do seu jardim:

— Me ajude, Tituba, me ajude a encontrar aquele que me fez mal e puni-lo! Que seu primogênito, se tiver um, morra de algo que se pareça com varíola. Se ele ainda não tiver um, faça com que sua esposa nunca engravide! Porque você pode, eu sei disso. Dizem que não há bruxa mais temida do que você!

Eu a olhei direto nos olhos, cheia da arrogância fugitiva que Man Yaya e Abena, minha mãe, tinham me insuflado, e articulei:

— Os mais temíveis não são aqueles que nomeamos. A senhora já viveu demais, senhora Huntchinson, para saber que não se deve dar atenção ao que dizem por aí.

Ela riu maliciosamente:

— Você é bem cheia da razão, negrinha! Não vai ter tanta quando estiver balançando na ponta de uma corda.

Voltei para casa tremendo.

Podem se espantar talvez que eu trema com a ideia da morte. Mas é a ambiguidade da minha condição. Nós possuímos um corpo mortal e, como consequência, somos a presa de todas as angústias que assolam os seres comuns. Como eles, tememos o sofrimento. Como eles, a terrível antecâmara em que termina a vida terrestre nos assusta. Nós sabemos bem que suas portas se abrirão diante de nós para uma outra forma de existência, eterna, e isso nos sufoca de angústia. Para trazer a paz ao meu coração e ao meu espírito, tive que repetir as palavras de Man Yaya:

— De todos, você será a única a sobreviver!

II

11

I.

Parecendo três grandes aves de rapina, os ministros tomaram seus assentos na sala de jantar. Um vinha da paróquia de Beverley, dois, da aldeia de Salem. Eles esticaram suas pernas ossudas em direção ao fogo, que luzia áspero e claro na lareira. Depois esticaram as mãos, como se fossem assá-las. Finalmente, um deles, o mais jovem, Samuel Allen, ergueu os olhos para Samuel Parris e perguntou:

— Onde estão as crianças?

Samuel Parris respondeu:

— Estão esperando no primeiro andar.

— Estão todas aqui?

Samuel Parris balançou a cabeça:

— Eu pedi aos pais que as trouxessem logo cedo. Eles estão esperando na igreja, enquanto rezam ao Senhor.

Os três ministros se levantaram:

— Façamos o mesmo, pois a tarefa a que fomos incumbidos exige mesmo a assistência de Deus!

Samuel Parris abriu seu livro e começou com seu tom declamatório e fervoroso pelo qual tinha afeição:

"Assim diz o Deus Eterno
O céu é o meu trono
E a terra o escabelo dos meus pés.
Que casa me edificaríeis vós,
E qual seria o lugar do meu descanso?
A minha mão fez todas as coisas..."

Ele leu assim por uns bons minutos, depois fechou seu livro e disse:

— Isaías. Capítulo 66.

Foi Edward Payson, de Beverley, que ordenou:

— Faça com que desçam!

Como Samuel saía com pressa, ele se virou para mim e disse com uma surpreendente bondade:

— Se é inocente, não tem nada a temer!

Eu disse com uma voz que pretendi segura, mas que soou temerosa e rouca:

— Eu sou inocente.

De pronto, as crianças entram na sala. Samuel Parris não tinha dito a verdade sobre elas estarem todas ali, pois estavam apenas Betsey, Abigail e Anne Putnam. Então entendi que ele tinha selecionado as mais jovens das possuídas, como as chamavam, aquelas que davam mais pena de olhar, aquelas cujo coração de pai e de esposo não teria outro desejo senão o de aliviar o sofrimento, de acabar com a tortura.

Pensei comigo que, com exceção de Betsey, pálida e com os olhos iluminados pelo terror, Abigail e Anne nunca tinham me parecido tão bem. Principalmente a primeira, com o ar matreiro de um gato que se prepara para fazer um festim com os pássaros indefesos.

Eu sabia que era o alvo, mas não poderia nunca descrever a impressão que tive. Fúria. Desejo de matar. Dor, sobretudo dor. Eu era a pobre tola que tinha aquecido aquelas víboras no peito, que oferecera meu seio para a boca triangular, plantada com língua bifurcada. Eu fui enganada. Tomada como um galeão com os flancos pesados de pérolas de Veneza. Um pirata espanhol passava sua lâmina através do meu corpo.

Edward Payson, sendo o mais velho dos quatro homens, já com os cabelos grisalhos e a pele manchada, fez a pergunta:

— Digam-nos, para que tentemos aliviar sua dor, quem, quem as tormenta?

Elas disseram com uma hesitação calculada para dar mais peso às suas palavras:

— É a Tituba!

No tumulto dos meus sentimentos, eu as ouvi dizendo outros nomes, e não pude compreender o porquê de o meu estar entre eles:

— É a Sarah Good! É a Sarah Osborne!

Sarah Good, Sarah Osborne e eu não havíamos trocado sequer uma palavra desde que chegamos a Salem. No máximo, eu dei a Dorcas Good um pedaço de torta de maçã ou de torta de abóbora quando ela passou por baixo da minha janela com seu ar de criança malnutrida.

Parecendo três grandes aves de rapina, os homens penetraram no meu quarto. Eles tinham se enfiado em capuzes pretos, apenas buracos para os olhos e o vapor da bocas atravessavam o tecido. Ficaram ao redor da minha cama. Dois agarraram meus braços, enquanto o terceiro amarrou minhas pernas tão apertado que gritei de dor. Então um deles falou e eu reconheci a voz de Samuel Parris:

— Que ao menos algo de bom saia do Inferno que você desencadeou. Vai ser fácil abatê-la. Ninguém nesta aldeia levantará um dedo sequer e os magistrados de Boston têm outros gatos para chicotear. E é o que faremos se você não nos obedecer. Porque, Tituba, você não vale nem a corda que vai enforcar o seu pescoço.

Eu balbuciei:

— O que o senhor quer de mim?

Um deles senta na beira da minha cama e, ao se inclinar sobre mim para me tocar, articula:

— Quando você estiver diante do Tribunal, confesse que aquilo é obra sua.

Eu urrei:

— Jamais! Jamais!

O golpe cruzou minha boca, e dela espirrou sangue.

— Confesse que aquilo é obra sua, mas que não agiu sozinha e denuncie suas cúmplices. Good e Osborne, depois as outras.

— Eu não tenho cúmplices porque eu não fiz nada!

Um dos homens subiu em mim como se eu fosse mesmo um cavalo e começou a bater na minha cara com seus punhos, duros como pedras. Um outro ergueu a minha saia e enfiou um pedaço de pau com a ponta bem talhada na parte mais sensível do meu corpo enquanto ria:

— Toma, toma, é o pau de John Indien!

Quando eu já tinha sofrido bastante, eles pararam e um dos três retomou a palavra:

— Você não é a única criatura do Anticristo em Salem. Há outras que você vai nomear diante dos juízes.

Comecei a entender aonde eles queriam chegar. E disse numa voz morrente:

— Suas filhas já não nomearam as minhas ditas cúmplices? O que o senhor quer que eu diga mais?

Eles riram:

— São, como você mesma disse, palavras de criança, incompletas. Logo nós as ensinaremos a não omitir o essencial. É você que vai abrir a sessão.

Eu sacudi a cabeça:

— Nunca! Nunca!

Então, mais uma vez eles vieram sobre mim e me pareceu que o bastão talhado subia até minha garganta. Mesmo assim, aguentei e grunhi:

— Nunca! Nunca!

Eles se ajeitaram, pois a porta rangeu e uma voz me chamou gentilmente:

— Tituba!

Era John Indien. As três aves de rapina o empurraram para a frente:

— Explica para ele, você que parece menos burra!

Eles saíram e no cômodo só ficou a nossa dor e o cheiro da minha humilhação.

John Indien me abraçou e que doçura foi encontrar abrigo em seus braços. Com seu lenço, ele se esforçou para limpar o sangue das minhas feridas. Levantou minha saia sobre as minhas coxas ultrajadas e eu senti suas lágrimas sobre a minha pele.

— Mulher, minha mulher torturada. Mais uma vez, você se engana sobre o que é essencial! O essencial é ficar viva. Se eles te mandaram denunciar, denuncie! A metade dos habitantes de Salem, se assim eles querem! Este mundo não é o nosso e, se eles querem incendiá-lo, só importa que estejamos abrigados das chamas. Denuncie, denuncie todos aqueles que a fizeram sofrer.

Eu o repeli:

— John Indien, eles querem que eu confesse os meus erros. Mas eu não tenho culpa de nada!

Ele ergueu os ombros e me abraçou novamente, ninando-me como a uma criança teimosa:

— Culpada? Mas sim, você é, sempre será culpada aos olhos deles. O importante é ficar viva por você, por mim... por nossos filhos que vão nascer.

— John Indien, não fale dos nossos filhos, pois eu jamais darei à luz neste mundo escuro!

Ele não ouviu essa declaração e retomou:

— Denuncie, minha mulher violada! E assim, paradoxalmente, executando o que eles lhe obrigam a fazer, vingue-se, vingue-me... Deixe à devastação, como o Senhor Eterno, suas montanhas, seus campos, seus bens, seus tesouros.

Parecendo três grandes aves de rapina, os policiais da aldeia prenderam Sarah Good, Sarah Osborne e eu. Ah, eles não tinham motivo para se gabar de sua façanha, porque nenhuma de nós resistiu. Sarah Good colocando seus pulsos nas correntes, apenas perguntou:

— Quem vai cuidar da Dorcas?

O senhor e a senhora Proctor, que assistiam à cena, foram em sua direção, com o coração tomado de pena:

— Vá em paz! Nós cuidaremos dela como dos nossos.

Ao ouvir aquilo, houve um rumor no meio da multidão, como se todos fossem da opinião de que a filha de uma bruxa não deveria se misturar com crianças saudáveis. Logo se perguntariam se o senhor e a senhora Proctor tinham algum tipo de relacionamento duvidoso com Sarah Good e se lembrariam de que, de acordo com a empregada, Mary Warren, Elizabeth Proctor estava pondo agulhas em bonecas de cera que ela trancava no armário. Os policiais então nos prenderam pelos tornozelos e pulsos com correntes tão pesadas que mal podíamos arrastar, e assim tomamos o caminho para a prisão de Ipswich.

Era fevereiro, o mês mais frio de um ano sem graça. A multidão se reuniu ao longo da rua principal de Salem para nos ver partir, os policiais à frente, montados em cavalos, e nós, afundando os pés na estrada cheia de lama e neve. No meio de toda essa desolação, se elevou, surpreendentemente, o canto dos pássaros nos seguindo de galho em galho pelo ar cor de gelo.

Eu me lembrei das palavras de John Indien e compreendi naquele momento sua profunda sabedoria. Ingênua fui ao acreditar que seria o suficiente clamar por inocência para prová-la! Ingênua ao ignorar que fazer o bem aos maldosos ou aos fracos só faz voltar o mal. Sim, eu iria me vingar. Eu iria denunciar e do alto desse poder que eles me conferiram, eu iria desencadear a tormenta, encrespar o mar com ondas tão altas quanto muralhas, desenraizar as árvores, lançar ao ar como tufos de palha as cercas das casas e dos celeiros.

Quem eles queriam que eu nomeasse?

Cuidado! Eu não me contentarei em nomear apenas as infelizes que caminhavam comigo na lama. Eu bateria forte. Golpearia na cabeça. E agora, no desamparo extremo em que eu me encontrava, o sentimento do meu poder me embriagava! Ah, sim, meu John Indien estava certo. Essa vingança, com que muitas vezes sonhei, pertencia a mim e por sua própria vontade!

Ipswich se encontrava a uns quinze quilômetros de Salem e nós chegamos um pouco antes do cair da noite. A prisão estava cheia de criminosos, assassinos e ladrões de todos os tipos, pois a terra de Massachusetts era tão fértil quanto suas águas eram cheias de peixe. Um policial com a cara vermelha como uma maçã, esforçado em esvaziar canecas e canecas de rum, inscreveu o nome de cada uma de nós em seu livro, depois consultou um quadro atrás dele.

— Só tem uma cela livre, bruxas! Vocês poderão fazer suas reuniões impunemente! Veja só, Satanás está com vocês!

Seus companheiros lhe lançaram um olhar de reprovação: estava brincando com um assunto desses? Quanto a ele, empoleirado na crista dançante do álcool, não lhes deu nenhuma atenção.

Eles nos amontoaram, e eu tive que respirar o fedor do cachimbo de Sarah Good, enquanto Sarah Osborne, aterrorizada, não parava de rezar num tom lúgubre. Perto da meia-noite, um clamor nos acordou:

— Ela me pegou, ela me pegou! Me solta, criatura de Satanás!

Era Sarah Osborne, com os olhos esbugalhados. Para onde ela apontava? Para mim, evidentemente. Eu me virei para Sarah Good para que fosse testemunha da audácia e da hipocrisia da nossa companheira.

Começava ela a preparar sua defesa às minhas custas? Ou se meteria a gritar como a outra, me olhando fixamente com seus olhos de porca:

— Ela me pegou, ela me pegou! Me solta, criatura de Satanás!

O policial de bochechas vermelhas, completamente bêbado agora, acalmou aquele tumulto infernal ao me tirar da cela a chutes. Por fim, ele me acorrentou em um gancho no corredor.

O vento azedo da noite soprava por todas as frestas.

2.

Ficamos uma semana na prisão, esperando que terminassem os preparativos da nossa apresentação diante do Tribunal de Salem. E então, mais uma vez, apesar dos meus recentes revezes e da lembrança das recomendações de John Indien, me deixei prender na armadilha de uma amizade. Enquanto eu estremecia e perdia meu sangue no corredor onde eu estava acorrentada, uma mulher passou a mão pelas barras de sua cela e parou um dos policiais:

— Aqui tem lugar para duas. Deixe essa pobre criatura entrar.

A mulher que dissera isso era jovem, não tinha mais do que vinte e três anos, bela. Ela tinha, sem modéstia, rejeitado seu chapéu e exibia uma cabeleira luxuriante, preta como a asa de um corvo, que aos olhos de alguns simbolizava o pecado e pedia punição. Da mesma forma, seus olhos eram negros, não cinza, cor de água suja, não verdes, a cor da malícia, negros como a sombra bem-aventurada da noite. Ela foi buscar água de um jarro e se ajoelhou, tentando lavar os tumores do meu rosto. Enquanto o fazia, falava como se para si mesma, sem esperar por uma resposta.

— Que cor magnífica tem sua pele e como ela pode, sob essa cobertura, dissimular os sentimentos! Medo, angústia, furor, nojo! Eu nunca consegui e os movimentos do meu sangue sempre me traíram!

Eu impedi o vaivém de sua mão:

— Senhora...

— Não me chame de "senhora".

— Como eu vou chamar a senhora então?

— Pelo nome! Hester! E você, qual é o seu nome?

— Tituba.

— Tituba?

Ela repetiu em êxtase:

— De onde vem?

— Meu pai me deu quando eu nasci!

— Seu pai?

Seus lábios tinham um riso irritado:

— Você carrega o nome que um homem te deu?

Para a minha surpresa, fiquei um instante sem resposta, depois repliquei:

— Não é assim para todas as mulheres? Primeiro o nome do pai, depois o nome do marido?

Ela disse pensativa:

— Eu esperava que, ao menos, certas sociedades escapassem dessa lei. A sua, por exemplo!

Foi a minha vez de ficar pensativa:

— Talvez, em África, de onde viemos, seja assim. Mas nós não sabemos nada sobre a África e ela não mais nos importa.

Enquanto ela andava de um lado para o outro na cela estreita, eu me dei conta de que ela estava grávida. Eu ainda estava mergulhada num transe, quando ela veio novamente na minha direção e me perguntou com doçura:

— Eu ouvi que eles te chamam de "bruxa". Pelo que a culpam?

Levada dessa vez pela compaixão que essa desconhecida me inspirava, expliquei:

— Porque na sua sociedade...

Ela me interrompeu bruscamente:

— Não é a minha sociedade. Eu não fui banida como tu? Presa entre essas paredes?

Eu me corrigi:

— ... nesta sociedade, eles dão à função de "bruxa" uma conotação errônea. A "bruxa", se vamos mesmo usar essa palavra, corrige as coisas, endireita, consola, cura...

Ela me interrompeu com uma gargalhada:

— Então, você não leu Cotton Mather? — ela encheu o peito, tomando um ar solene —"As bruxas fazem coisas estranhas e maléficas. Elas não podem fazer milagres verdadeiros, esses podem apenas ser feitos pelos Eleitos e pelos Embaixadores do Senhor."

Dessa vez eu ri e perguntei:

— Quem é esse Cotton Mather?

Ela não respondeu a minha pergunta; em vez disso, tomou meu rosto entre as mãos:

— Você não pode ter feito mal algum, Tituba! Disso eu tenho certeza, é tão bonita! Mesmo que eles a acusem, eu vou sustentar a sua inocência!

Comovida com aquilo, eu me encorajei a fazer um carinho em seu rosto e murmurei:

— Você também é muito bonita, Hester. Do que te acusam?

Ela diz ligeiro:

— De adultério!

Olhei para ela com terror, pois sabia da gravidade dessa ofensa aos olhos dos Puritanos. Ela seguiu:

— E enquanto apodreço aqui, aquele que me fez esse filho está livre para ir e vir.

Suspirei:

— Por que não o denuncia?

Ela dá uma volta ao redor de si mesma:

— Ah! Você não conhece o prazer da vingança!

— Da vingança? Confesso que não estou entendendo.

Ela diz com uma paixão selvagem:

— De nós dois, creia-me, eu não sou a que dá mais pena. Ao menos, se ele ainda tem alguma consciência, o que se espera de um homem de Deus.

Eu estava cada vez mais confusa. Ela deve ter percebido, pois veio sentar ao meu lado no banco sujo:

— Talvez seja necessário começar pelo começo se quero que compreenda alguma coisa da minha história.

Ela respirou profundamente e eu fiquei suspensa nos seus lábios:

— A bordo do *Mayflower*, o primeiro navio a atracar nesta costa, estavam meus dois ancestrais, o pai do meu pai e o pai da minha mãe, dois tenazes "Dissidentes da Igreja Anglicana" que vieram fazer eclodir o reino do Deus Verdadeiro. Você sabe o quanto esses projetos são perigosos; logo, transmitirei a ferocidade com que seus descendentes foram criados. Graças a isso, eles produziram uma enorme quantidade de Reverendos que leram nos textos de Cícero, Catão, Ovídio, Virgílio...

Eu interrompi:

— Eu nunca ouvi falar dessa gente!

Ela ergueu os olhos ao céu:

— Bem faz você! Tive a infelicidade de pertencer a uma família que acreditava na igualdade dos sexos e, na idade em que se brinca saudavelmente com bonecas, meu pai me fazia recitar os clássicos! Onde eu estava? Ah, sim! Aos dezesseis anos, me casaram com um Reverendo, um amigo da família que havia enterrado três esposas e cinco filhos. O fedor de sua boca era tamanho que, para minha felicidade, desmaiava toda vez que ele ficava em cima de mim. Todo o meu ser recusava-o, mesmo assim ele me fez quatro filhos que o Senhor quis que a terra engolisse — o Senhor e eu! Pois, para mim, seria impossível amar os filhos de um homem que eu odiava. Não vou esconder de você, Tituba, que o número de poções, de misturas, purgantes e laxantes que tomei durante a minha gravidez ajudou nesse final feliz.

Eu murmurei a mim mesma:

— Eu também tive que matar meu filho!

— Felizmente, faz pouco mais de um ano, ele partiu a Genebra, para se reunir com outros Calvinistas e falar sobre esse problema dos Eleitos, e foi então... foi então...

Ela se interrompeu e compreendi que, apesar de suas reclamações, ela ainda amava seu carrasco. E retomou:

— A beleza de um homem tem algo de indecente. Tituba, os homens não deveriam ser bonitos. Duas gerações de Eleitos, estigmatizando a Carne e o Prazer, deram origem a esse ser que irresistivelmente pensou nos prazeres da carne. Começamos nos encontrando sob o pretexto de discutir o pietismo alemão. Depois nos encontrávamos em sua cama para fazer amor e aqui estou!

Ela pegou a barriga com as duas mãos. Eu perguntei:

— E o que vai acontecer?

Ela ergue os ombros:

— Eu não sei!... Acho que estão esperando a volta do meu marido para deliberar sobre meu destino.

Eu insisti:

— E qual pena você acha que pega?

Ela se levanta:

— Não se apedrejam mais mulheres adúlteras. Acho que elas carregam no peito uma letra escarlate!

Foi a minha vez de dar de ombros:

— Se for só isso!

Mas tive vergonha da minha leviandade quando vi a expressão de seu rosto. Essa criatura, tão boa quanto bela, sofria o martírio. Foi, mais uma vez, uma vítima que trataram como culpada. As mulheres são condenadas a isso neste mundo? Eu buscava algum meio de lhe dar esperança e murmurei:

— Você não está grávida? Então, é preciso viver pelo seu filho.

Ela sacudiu a cabeça com firmeza:

— É preciso simplesmente que ela morra comigo. Eu já a preparei para isso, na noite em que conversamos. Sabe, ela está nos escutando neste momento. Acabou de bater no meu ventre, para chamar minha atenção. Sabe o que ela quer? Que você nos conte uma história! Uma história da sua terra! Faça esse agrado a ela, Tituba!

Descansei minha cabeça naquela doce elevação de carne, essa colina de vida, de modo que o pequeno ser que ela abrigava estivesse bem perto dos meus lábios, comecei a contar uma história e as palavras emprestadas ao amado ritual, sempre presente, vieram iluminar nosso triste cercado:

— Tum, tum, madeira seca!

— A Corte dorme?

— Não, a Corte não dorme!

— Se a Corte não dorme, então que ela ouça, que ela ouça esta história, a minha história. Há muito, muito tempo, quando o diabo ainda tinha calças curtas, deixando à mostra seus joelhos nodosos e marcado de cicatrizes, vivia na aldeia de Wagabaha, no cume de uma colina bem pontuda, uma jovem que não tinha nem pai nem mãe. Um ciclone havia levado a cabana dos seus pais e, milagre, ele a deixou, bebê boiando em seu berço como Moisés sobre as águas. Ela estava só e triste. Um dia, quando sentou em seu banco na igreja, ela viu em pé, não longe do púlpito, um grande negro, vestido em tecidos brancos, sob um chapéu de palha com uma fita preta. Meu Deus, por que as mulheres não conseguem ficar sem os homens? Por quê? Por quê?

— Pai defunto, mãe defunta, eu preciso desse homem, senão eu é que vou morrer!

— Você sabe se ele é bom, se é mau, se é mesmo só humano, se é sangue que irriga suas veias? Pode ser que tenha qualquer humor fedorento e viscoso que flua em seu coração?

— Pai defunto, mãe defunta, eu preciso desse homem, senão eu é que vou morrer!

— Bom, se você quer, você o terá!

E a jovem deixa sua cabana, sua solidão, pelo desconhecido vestido em panos brancos e, lentamente, sua vida vira um inferno. Não podemos proteger nossas filhas dos homens?

Então, Hester me interrompeu, consciente da angústia em minha voz:

— Que história é essa, Tituba? Não é a sua, é? Me conta, me conta?

Mas alguma coisa me impediu de contar.

Hester me ensinou a preparar meu testemunho.

Fale com a filha de um Reverendo para saber um pouco sobre Satanás! Ela não tinha dividido o pão com ele desde a infância? Não havia ele se esparramado debaixo de sua colcha em seu quarto sem fogo, encarando-a com seus olhos amarelos? Ele não tinha miado em todos os gatos pretos? Coaxado nos sapos? E mesmo andando em ratos cinzentos?

— Bota medo neles, Tituba! Medo pelo dinheiro deles! Descreva-o na forma de um bode com um nariz de bico de águia, um corpo todo coberto de longos pelos pretos e, preso à cintura, um cinto de cabeças de escorpião. Eles vão tremer, e que tremam, que desmaiem! Que dancem ao som de sua flauta, ouvida de longe! Descreva as reuniões das bruxas, cada uma chegando com a sua vassoura, as mandíbulas escorrendo de desejo ao pensar no banquete de fetos e recém-nascidos que seria servido com muitas canecas de sangue fresco...

Dei uma gargalhada:

— Veja bem, Hester, tudo isso é ridículo!

— Mas eles acreditam! O que te importa? Descreve!

— Você também me aconselha a denunciar?

Ela faz uma careta:

— Quem te deu esse conselho?

Não respondi e ela se fez grave:

— Denunciar, denunciar! Se você fizer isso, se arrisca a ficar igual a eles, com o coração cheio de lixo! Se alguém te faz mal de propósito, você se vinga se isso pode lhe dar algum prazer. Senão, deixe pairar uma nuvem de dúvida, para a qual, acredite em mim, eles saberão dar forma. Na hora certa, você vai gritar: "Ah, não vejo mais! Ah, estou cega!" Esse é o truque!

Eu disse ferozmente:

— Ah, mas eu vou me vingar de Sarah Good e de Sarah Osborne que me entregaram tão gratuitamente.

Ela deu uma gargalhada:

— Isso, sim! De todo modo, elas são muito feias para viver! Vamos recomeçar a lição. Como é Satanás? Não esqueça que ele tem mais do que um disfarce em seu saco. É por isso que nunca os homens o pegaram! Às vezes, ele pode ser um homem negro...

Então eu a interrompi com uma inquietação:

— Mas, se eu disser isso, eles não vão pensar que é John Indien?

Ela deu de ombros irritada, pois se irritava facilmente essa Hester!

— Me deixe em paz com o seu estraga prazeres, então. Ele vale tanto quanto o meu. Será que ele não deveria estar lá, compartilhando da sua angústia? Brancos ou negros, a vida é boa demais para os homens!

Eu evitava falar sobre John Indien com Hester, pois sabia bem o que ela me diria dele e eu não suportaria ouvir. Ainda assim, bem no fundo, alguma coisa me fazia sentir que ela dizia a verdade. A cor da pele de John Indien não tinha causado a ele nem a metade dos problemas que a minha causou. Por mais Puritanos que eles fossem, não se furtavam de ter uma conversinha com ele:

— John Indien, dizem que você canta muito bem! E não só os salmos.

— Eu, senhora?

— Sim, enquanto capina a terra do diácono Ingersoll, dizem que você canta e dança ao mesmo tempo...

E um rancor talvez injusto nasceu em mim.

Quando não repetíamos o meu testemunho, Hester e eu falávamos de nós mesmas. Eu adorava ouvi-la falar.

— Eu queria escrever um livro, mas, pobre de mim!, as mulheres não escrevem! São só os homens que nos enjoam com sua prosa. Abro exceção para alguns poetas. Você já leu Milton, Tituba? Ah, esqueci, você não sabe ler. *Paradise Lost*, Tituba, maravilha das maravilhas!... Sim, eu queria escrever um livro no qual pudesse expor um modelo de sociedade governada e administrada pelas mulheres! Daríamos nosso nome aos nossos filhos, cuidaríamos deles sozinhas...

Eu a interrompi zombeteiramente:

— Só não dá pra fazer os filhos sozinhas!

Ela se entristeceu:

— Que pena! Seria necessário que esses brutos abomináveis participassem por um momento...

Eu a provoquei:

— Um momento não tão curto! Eu gosto de fazer no meu tempo!

Ela terminou por rir e me puxou para perto dela:

— Você gosta muito do amor, Tituba! Eu nunca farei de você uma feminista!

— Uma feminista! O que é isso?

Ela me prendeu em seus braços e me cobriu de beijos:

— Fique quieta! Eu lhe explico mais tarde!

Mais tarde? Haveria um mais tarde?

Chegava o dia em que seríamos levadas de volta a Salem para sermos julgadas, e o que seria de nós?

Mesmo que Hester tivesse repetido para mim que uma lei de Massachusetts deixava viva a bruxa que confessasse, eu tinha medo.

Às vezes meu medo era como uma criança no ventre de sua mãe. Ele se vira para a direita e para a esquerda, ele chuta. Às vezes, era como se uma fera cruel arrancasse meu fígado com seu bico. Às vezes, era como se uma jiboia me sufocasse com seus anéis. Ouvi dizer que a igreja de

Salem havia sido ampliada para acomodar não apenas os habitantes da aldeia, mas também aqueles que quisessem participar do grande festival. Ouvi dizer que tinham erguido uma plataforma sobre a qual estaríamos Sarah Good, Sarah Osborne e eu, de modo que todos pudessem nos ver bem. Ouvi dizer que dois juízes haviam sido nomeados membros da Suprema Corte da Colônia, conhecidos pela retidão de vida e pela intransigência de sua fé: John Hathorne e Jonathan Corwin.

O que eu poderia esperar, então?

Mesmo que me deixassem a vida, ela me serviria para quê? John Indien e eu poderíamos nos libertar de nossa servidão e tomar um navio a Barbados?

Reencontro essa ilha que achei que tivesse perdido! Não menos selvagem está sua terra. Não menos verdes estão suas colinas. Não menos violáceas estão suas canas-do-mato, cheias de um sumo pegajoso. Não menos acetinado está o cinturão esmeralda que a circunda. Mas os homens e as mulheres ainda sofrem. Eles estão aflitos. Um negro acaba de ser enforcado no topo de um flamboaiã. As flores e o sangue se confundem. Ah, sim, esqueci, nossa escravidão não acabou. Orelhas cortadas, pernas cortadas, braços cortados. Nós explodimos no ar como fogos de artifício. Vejam os confetes do nosso sangue!

Quando eu estava nesse humor, Hester não podia fazer nada por mim. Ela se esforçava com palavras reconfortantes, mas eu não as ouvia. Então, ela derramava um pouco de rum entre meus lábios, dado por um dos policiais, e pouco a pouco eu me acalmava. Man Yaya e Abena, minha mãe, vinham aliviar meu espírito. Elas repetiam ternamente para mim:

— Por que você treme? Nós não lhe dissemos que, disso tudo, você será a única a sair viva?

Talvez. Mas a vida me causava tanto pavor quanto a morte, tão longe dos meus.

Mesmo com a amizade de Hester, a prisão me deixou uma marca indelével. Essa flor sombria do mundo civilizado havia me envenenado com seu perfume e nunca mais pude respirar direito. Incrustado nas minhas narinas, o fedor de tantos crimes: matricídios, parricídios, estupros e roubos, homicídios e mortes, e, principalmente, o fedor de tantos sofrimentos.

No dia 29 de fevereiro, retomamos o caminho da aldeia de Salem. Durante todo o trajeto, Sarah Good me esmagou com injúrias e maldições. Segundo ela, foi apenas a minha presença e somente isso que causou tanto mal em Salem.

— Negra, por que você saiu do seu Inferno?

Endureci meu coração. Dessa aí, ah sim, vou me vingar sem demora!

3.

INTERROGATÓRIO DE TITUBA INDIEN

— Tituba, com qual espírito do mal você mantém amizade?

— Nenhum.

— Por que atormenta essas crianças?

— Eu não as atormento.

— Quem as atormenta então?

— O Demônio, pelo que sei.

— Você viu o Demônio?

— O Demônio veio me ver e ordenou que eu lhe servisse.

— O que você viu?

— Quatro mulheres atormentando as crianças.

— Quem são elas?

— Sarah Good, Sarah Osborne são as que eu conheço. Não conheço as outras. Sarah Good e Sarah Osborne queriam que eu atormentasse as crianças, mas me recusei. Também havia um grande homem de Boston, muito grande.

— Quando você os viu?

— Na última noite em Boston.

— O que eles disseram?

— Me disseram para atormentar as crianças.

— E você obedeceu?

— Não. São quatro mulheres e um homem que atormentaram as crianças e eles estão se escondendo atrás de mim e me disseram que, se eu não as atormentasse, eles me machucariam.

— Então, você lhes obedeceu?

— Sim, mas eu não vou mais fazer isso.

— Você se arrepende do que fez?

— Sim!

— Então por que fez?

— Porque me disseram que, se eu não atormentasse as crianças, eles me machucariam mais ainda.

— Quem?

— Um homem veio até mim e me ordenou que eu o servisse.

— De que maneira?

— Torturando as crianças e, na última noite, houve uma aparição que ordenou que eu as matasse e, se não obedecesse, disse que me machucaria mais ainda.

— Como era essa aparição?

— Às vezes era como um javali, às vezes como um cão enorme.

— E o que ela te disse?

— O cão preto me disse para obedecer, mas eu disse a ele que tinha medo e então ele me disse que, se eu não obedecesse, ele me machucaria mais e mais ainda.

— O que você respondeu?

— Que eu não serviria a ele, então ele disse que me machucaria e ele se transformou num homem e ameaçou me machucar. Esse homem tinha um pássaro amarelo e me disse que tinha mais um monte de coisas bonitas e que me daria tudo se eu o servisse.

— Que coisas bonitas?

— Ele não me mostrou.

— E depois, o que você viu?

— Dois ratos, um vermelho e um preto!

— E o que eles disseram?

— Que eu os servisse.

— Quando você os viu?

— Na noite passada, e eles me disseram que eu deveria servir os dois, mas eu me recusei.

— Servir de que maneira?

— Torturando as crianças.

— Você beliscou Elizabeth Hubbard essa manhã?

— O homem baixou em mim e me fez beliscá-la.

— Por que você foi à casa de Thomas Putnam na noite passada e machucou sua filha?

— Eles me puxaram e me empurraram e me obrigaram.

— Chegando lá, o que você tinha que fazer?

— Matá-la com uma faca.

— Como você chegou à casa de Thomas Putnam?

— Eu peguei minha vassoura e estavam todos como eu.

— E como você conseguiu passar pelas árvores?

— Isso não importa.[6]

— ...

— ...

Isso durou horas. Confesso que não era uma boa atriz. A visão de todas aquelas caras brancas aplaudindo aos meus pés parecia um mar no qual eu me afogaria. Ah! Como Hester seria melhor que eu! Ela teria utilizado essa tribuna para clamar sua ira contra a sociedade e amaldiçoar seus acusadores. Eu tinha é medo. Os pensamentos heroicos que eu havia formado em casa ou na minha cela me apavoravam.

---

6. Esses excertos foram retirados do testemunho de Tituba. Os documentos originais do processo estão nos Arquivos do Condado de Essex. Uma cópia se encontra na Corte do Condado de Essex, em Salem, Massachusetts.

— ...

— ...

— Você viu a mulher Good atormentar Elizabeth Hubbard, no último sábado?

— Isso sim eu vi. Ela se lançou sobre a criança como um lobo!

— Voltemos ao homem que você viu. Que roupas ele usava?

— Roupas pretas. Ele era muito grande e tinha cabelos brancos, eu acho.

— E a mulher?

— A mulher? Um capuz branco e um capuz preto com nó por baixo. É assim que ela se veste!

— Quem quer que você atormente as crianças agora?

Eu cuspi com prazer e veneno:

— Eu vejo Sarah Good.

— Apenas ela?

Aqui, eu não tive coragem de obedecer a Samuel Parris e denunciar inocentes. Eu me lembrei das recomendações de Hester e balbuciei:

— Agora, eu não vejo mais nada! Estou cega.

Depois do meu interrogatório, Samuel Parris veio até mim:

— Muito bem, Tituba! Entendeu o que esperávamos de você.

Eu me odiei como o odiava.

4.

Eu não fui testemunha ocular da peste que assolou Salem, pois fui, após meu testemunho, mantida acorrentada no celeiro do Diácono Ingersoll.

A senhora Parris se arrependeu muito rápido.

Ela veio me ver e chorou:

— Tituba, o que fizeram com você, a melhor das criaturas?

Eu tentei mexer os ombros, mas não pude, de tão apertados eram os nós que me seguravam, amarrados e retorcidos.

— Não era o que a senhora dizia há duas semanas!

Ela soluçou mais:

— Eu fui usada, eu fui usada! Agora eu vejo quem está por trás disso. Sim: é um complô de Parris e seus companheiros para sujar e arruinar...

Eu a interrompi, pois para aquilo não tinha cura e disse, com muito custo:

— E Betsey?

Ela ergueu a cabeça:

— Eu a tirei daquele horrível carnaval e a enviei para o irmão de Samuel Parris, Stephen Sewall, que mora na cidade de Salem. Ele não é como Samuel. Ele é bom. Eu acho que com ele nossa pequena Betsey irá recuperar a saúde. Antes de partir, ela me pediu que eu lhe dissesse que ela a ama e pede perdão.

Não respondi nada.

Em seguida, a senhora Parris me informou sobre o que aconteceu na aldeia.

— Eu não sei comparar isso a não ser com uma doença que a gente acredita que seja boa, porque afeta as partes do corpo sem importância...

Sem importância?

É verdade que eu era apenas uma negrinha escravizada. É verdade que Sarah Good era uma mendiga. Tão grande era sua miséria que precisou se abrigar na igreja por não ter onde morar. É verdade que Sarah Osborne tinha má reputação, tendo recebido cedo demais, em sua cama de viúva, um trabalhador irlandês que veio para ajudar a explorar o seu bem. Mas mesmo assim, mesmo nos ouvindo friamente nomear dessa forma, senti uma pontada no meu coração.

Não duvidei em momento algum desses sentimentos que ela despertava em mim, e a senhora Parris seguiu:

— ... depois que gradualmente ataca os membros e os órgãos vitais. As pernas não conseguem mais funcionar, os braços. No fim das contas, o coração é atingido, então o cérebro. Marcha Corey e Rebecca Nurse foram presas!

Fiquei boquiaberta. A senhora Rebecca Nurse! Não fazia sentido. Se a fé em Deus pudesse tomar uma forma humana, tomaria a forma dessa mulher! A senhora Parris retomou:

— Ela comoveu o juiz Hathorne e um primeiro júri a considerou inocente. Mas isso não foi o suficiente e ela foi levada para a cidade, onde vai encarar outro Tribunal!

Seus olhos se encheram de lágrimas:

— Minha pobre Tituba, foi horrível! Se você tivesse visto Abigail e Anne Putnam, sobretudo Anne Putnam, rolando pelo chão e berrando que a pobre velha as estava torturando, enquanto suplicavam piedade, seu coração se encheria de dúvida e horror! E ela, calma e serena, recitava o salmo de Davi:

"O senhor é meu pastor e nada me faltará
Deitar-me faz em verdes pastos
Guia-me mansamente a águas tranquilas
Restaura a minha alma."

Ao ouvir sobre as devastações do mal em Salem, meu sangue me corroía por John Indien.

Na verdade, os acusados continuaram mencionando um "homem negro" que os forçou a escrever em seu Livro? Não estaria um espírito perverso tentado a identificá-lo como John Indien? E ele por sua vez não seria perseguido? Essa preocupação, no entanto, parecia vã. John Indien, nas poucas vezes em que atravessou os limites do celeiro onde eu gemia, parecia saudável, bem alimentado, com roupas limpas e passadas. Ele agora estava usando uma capa de lã pesada, que envolvia seu corpo e o aquecia. E as palavras de Hester voltaram à minha memória: "Brancos ou negros, a vida é boa demais para os homens!"

Um dia, eu o enchi de perguntas e ele disse com certa irritação:

— Não se preocupe comigo!

Insisti e ele acabou dizendo:

— Eu sei uivar com os lobos!

— O que quer dizer com isso?

Ele deu meia-volta e me olhou fixamente. Ó, meu homem tinha mudado! Nunca tão corajoso, nunca tão forte nem honesto, mas sempre amoroso. Uma expressão ardilosa deformou seu rosto, rolando seus olhos de um jeito inquietante em direção às têmporas e acendendo um fogo maligno e insidioso. Eu implorei novamente:

— O que quer dizer com isso?

— Eu quero dizer, minha mulher atormentada, que não sou nada parecido com você. Você acredita que só Abigail, Anne Putnam e as outras vadias sabem gritar e se contorcer, cair duras e arfar: "Ah, você está me beliscando! Você está me machucando! Me deixa!"

Olhei para ele por um instante sem entender. Em seguida, uma luz me aclarou as ideias. Eu murmurei:

— John Indien! Você anda fingindo ser atormentado também?

Ele mexe a cabeça afirmativamente e diz num tom pretensioso:

— Tive minha mais bela hora de glória, isso tem alguns dias.

E ele se pôs a imitar um a um os juízes e as meninas:

— John Indien, quem te atormenta?

— Primeiro, foi a senhora Proctor e depois a senhora Cloyse.

— O que elas fizeram?

— Elas me trouxeram o Livro.

— John Indien, diga a verdade: quem te atormenta?"[7]

— Porque ele duvidava de mim, esse juiz, esse Thomas Danforth, como que ele não tinha duvidado de ninguém antes de mim! Racista imundo!

Eu desabei. Tinha vergonha. Por quê? Não bastava a pressão de mentir para salvar a minha cabeça? A mentira de John Indien era mais feia que a minha?

Embora eu repetisse aquilo para mim mesma, a partir daquele momento, meus sentimentos por John Indien começaram a mudar. Era como se ele houvesse feito um acordo com os meus carrascos. Quem sabe? Se eu me encontrasse nesse palanque de infâmia, objeto de desprezo e terror, perseguida por juízes odiosos, abafada por gritos

---

7. Testemunho de John Indien — Arquivos do Condado de Essex.

fingidos de aflição, não teria sido ele capaz de gritar: "Ah, ah! Tituba me atormenta! Ah sim! Minha mulher, minha mulher é uma bruxa!"

John Indien se dava conta do que eu estava passando? Ou tinha ele outro motivo? É sempre ele que encerra as visitas. Me levaram à Ipswich sem que eu o tivesse visto novamente.

Eu passo pelo trajeto até Ipswich. Os moradores das aldeias vizinhas, Topsfield, Beverley, Lynn, Malden, correm até a beira das estradas para me ver tropeçar, amarrada na sela do cavalo do robusto marechal Herrick, e me jogam pedras. As árvores desnudas pareciam cruzes de madeira e meu calvário não terminava.

Conforme eu avançava, um sentimento violento, doloroso, insuportável arrebentava meu peito.

Parecia que eu desaparecia completamente.

Eu sentia que nesses julgamentos das bruxas de Salem, que fariam escorrer tanta tinta, que excitariam a curiosidade e a piedade das gerações futuras e que pareceriam a todos o mais autêntico testemunho de uma época de crentes e bárbaros, o meu nome apenas figuraria como o de uma comparsa sem interesse. Mencionariam aqui e ali "uma escrava originária das Antilhas, praticante de 'hoodoo'". Não se incomodariam nem com minha idade nem com minha personalidade. Eles me ignorariam.

No final do século, as petições circulariam, julgamentos seriam feitos para reabilitar as vítimas e restituir aos descendentes seus bens e sua honra. Nunca serei uma dessas. Condenada para sempre, Tituba!

Nenhuma, nenhuma biografia atenta e inspirada, recriando a minha vida e seus tormentos.

E esse futuro injusto me revoltava! Era mais cruel que a morte!

Chegamos a Ipswich a tempo para ver girar na ponta de uma corda o corpo de uma condenada por sei lá eu qual crime e para ver a multidão dizer que aquilo era bem-feito.

Ao entrar na prisão, meu primeiro desejo foi pedir que me colocassem de novo na cela com Hester. Ah, ela viu muito claramente John Indien! Não era mais que um estraga prazeres sem amor nenhum, sem honra. Meus olhos incharam com as lágrimas que apenas Hester saberia consolar.

Mas o policial, amante do rum, sem nem erguer o nariz do seu livro de registros, me respondeu que não seria possível. Insisti com a força do desespero:

— Por que, por que, senhor?

Ele aceitou interromper seus rabiscos e me olhou:

— Não é possível porque ela não está mais aqui.

Fiquei imóvel enquanto mil suposições se debatiam no meu espírito. Teria ela sido perdoada? Seu marido, retornando de Genebra, teria a soltado? Teria sido levada ao asilo para dar à luz? Pois eu não fazia ideia de com quantos meses ela estava e talvez estivesse na hora. Consegui balbuciar:

— Senhor, teria a bondade de me dizer o que aconteceu com ela, pois não há alma mais bondosa que a dela sobre a terra!

O policial exclamou:

— Bondosa? O quê? Tão bondosa lhe parece, a essa hora deve estar condenada, pois se enforcou dentro da cela.

— Se enforcou?

— Sim, se enforcou.

Eu saí do ventre da minha mãe berrando. Eu rompi o ventre da minha mãe berrando. Eu rasguei com meu punho raivoso sua bolsa e suas águas. Eu arfei e sufoquei nesse líquido negro. Eu quis me afogar.

Se enforcou? Hester, Hester, por que você não me esperou?

Mãe, nosso suplício não terá fim? Porque, se é assim, eu nunca verei o dia. Ficarei tapada em sua água, surda, muda, cega, boiando dentro de você. Eu me apegarei tão bem que você nunca será capaz de me expulsar, e assim retornarei à terra com você, sem conhecer a maldição do dia. Mãe, me ajude!

Enforcada? Hester, eu vou junto com você!

Depois de muitas deliberações, fui levada ao asilo da cidade de Salem, pois não havia nenhum em Ipswich. No início, não distingui a noite do dia. Eles se confundiam na mesma circunferência da dor. Haviam me abandonado às minhas correntes, não porque temessem que eu não esperasse meus dias, o que pareceria a todos um final feliz. Mas que, com ataques de violência, eu agredisse meus companheiros de infortúnio. Um certo doutor Zerobabel veio me ver, porque estava estudando doenças mentais e esperava ser nomeado professor da Universidade de Harvard. Ele recomendou que experimentassem uma de suas poções em mim:

— Pegue o leite de uma mulher que esteja amamentando um menino. Pegue também um gato e corte sua orelha ou uma parte da orelha. Deixe o sangue escorrer no leite. Faça a paciente beber essa mistura. Repetir três vezes ao dia.

Qual foi o efeito dessa medicação? Eu acabei por passar de um estado de extrema agitação a um estado de torpor que entenderam como o prelúdio da cura. Abri meus olhos, que eu mantinha obstinadamente fechados. Aceitei me alimentar. Contudo eu não pude pronunciar nenhuma palavra.

Como o custo da minha estada no asilo era muito alto e não poderia continuar sendo pago pela cidade de Salem, à qual eu não pertencia, me mandaram de volta à prisão. Encontrei uma multidão de rostos que não reconheci como se todos aqueles que estavam lá antes da morte de Hester tivessem se apagado da minha memória.

Uma manhã, não sei bem por quê, voltei a falar. Eu me perguntei o que se passava ao meu redor. Entendi que Sarah Osborne tinha morrido na prisão, mas não experimentei nenhum sentimento de pena.

Àquela altura da minha vida, a tentação de dar fim aos meus dias não me deixava. Parecia que Hester havia mostrado o exemplo que eu deveria seguir. Ai de mim! Eu não tinha coragem.

Sem que eu pudesse compreender a razão, me transferiram da prisão de Ipswich para a da cidade de Salem, a cidade tinha me deixado uma lembrança muito agradável. A estreita península, encerrada entre dois rios apáticos, contrastava com Boston e seus navios enchendo o cais. No entanto, havia — e meu humor me permitia perceber — uma nuvem de austeridade e cinzas flutuando acima das casas. Passamos na frente de uma escola precedida por um pátio onde garotinhos melancólicos esperavam, acorrentados a piquetes, para serem chicoteados por seus senhores. No meio da rua Court se erguia uma construção maciça, cujas pedras haviam sido trazidas a grande custo da Inglaterra e onde a justiça dos homens acontecia. Sob seus arcos, se concentrava uma multidão de homens e mulheres, silenciosos e sombrios. A prisão em si era um prédio sombrio com telhado de palha e troncos, cuja porta era revestida com chapas de ferro.

5.

Constantemente penso na filha de Hester e no meu filho. Crianças não nascidas. Crianças a quem, pelo seu bem, nós recusamos a luz e o gosto salgado do sol. Crianças que nos perdoaram, mas por quem, paradoxalmente, choramos.

"A pedra da lua caiu na água.
Na água do rio
E meus dedos não puderam pescá-la de volta.
Pobre de mim!
A pedra da lua caiu.
Assentada sobre a rocha na margem do rio
Eu chorava e me lamentava.
Ó pedra doce e brilhante,
Você brilha no fundo da água.
O caçador vai passar
Com suas flechas e seu arco.

Bela, Bela, por que chora?
Eu choro porque minha pedra da lua
Está no fundo da água.
Bela, Bela, se é por isso,
Eu vou te ajudar.
Mas o caçador mergulha e se afoga."

Hester, meu coração está machucado!

Como se quisessem rir de mim, uma manhã, levaram para minha cela uma criança. Primeiro meus olhos se borraram de sofrimento e não a reconheci. Depois a memória veio. Dorcas Good! Era a pequena Dorcas, que tinha mais ou menos quatro anos de idade, e que eu via sempre enfiada nas saias sujas de sua mãe até que um oficial de polícia as separou.

O bando de pequenas vadias a tinha denunciado e os homens prenderam essa inocente com correntes de ferro nos braços, nos punhos, nos tornozelos. Eu estava tão absorvida pela minha própria infelicidade que não podia ver a dos outros. Porém, a visão dessa menina me pôs lágrimas nos olhos. Ela me olhou e disse:

— Você sabe onde a minha mãe está?

Tive que confessar que eu não sabia. Ela já havia sido executada? Rumores na prisão me levaram a saber que ela tinha posto outra criança no mundo, um menino, que, filho do diabo, voltou ao inferno de onde saíra. Eu não sabia de mais nada.

Dali em diante, foi também para Dorcas, filha de uma mulher que me acusou tão horrorosamente, que eu cantei minha canção particular: "A minha pedra da lua caiu na água."

6.

A peste que assolava Salem se espalhou muito rápido para outras aldeias e outras cidades e então, cada uma a sua vez, Amesbury, Topsfield, Ipswich, Andover... entraram na dança. Parecendo cães de caça excitados pelo cheiro de sangue, os policiais perambulavam pelos trilhos e pelas estradas para caçar aqueles que o bando de nossas cadelinhas, dotadas do dom da onipresença, continuava denunciando. Rumores na prisão me disseram que as crianças foram presas em um número tão grande que tiveram que ser mantidas em um prédio de toras coberto de palha, construído apressadamente. À noite, o barulho dos seus clamores mantinha os habitantes acordados. Me arrastaram para fora da minha cela para dar lugar aos acusados que também mereciam um teto sobre a cabeça e foi do pátio da prisão que vi chacoalhar a carroça dos condenados. Alguns se mantinham muito retos como se quisessem desafiar seus juízes. Alguns, ao contrário, gemiam de terror e suplicavam, como crianças, para que lhes dessem mais um dia, mais uma hora. Eu vi Rebecca Nurse pegar a estrada de Gallows Hille e me lembrei da vez em que ela me disse com sua voz trêmula: "Você pode me ajudar, Tituba?"

Como eu me arrependia de não lhe ter obedecido, porque hoje seus inimigos triunfaram. Os rumores da prisão me diziam que esses mesmos Houlton atiraram sobre ela uma vara de porcos por rancor. Ela estava agachada nas barras da charrete e seu olhar se fixava no céu, como se tentasse compreender algo.

Eu vi passar Sarah Good, que agora estava detida em outro prédio, longe da filha, mas conservava sua aparência vulgar e esperta. Ela me olhou, presa a uma pilastra, como um animal e soltou:

— Prefiro o meu tipo ao seu!

Foi antes da execução do dia 22 de setembro que eu voltei à prisão.

O banco sobre o qual eu me deitava parecia a mais macia das camas e naquela noite sonhei com Man Yaya, um colar de flores de magnólia ao redor do pescoço. Ela me repetiu sua promessa: "De tudo isso você sairá viva" e eu contive minha pergunta: "De que adianta?"

O tempo passou sobre nossa cabeça.

É estranho como o homem se recusa a se dar por vencido.

Lendas começaram a circular na prisão. Cochichavam que as filhas de Rebecca Nurse, que tinham chegado ao pôr do sol para tirar o corpo de sua mãe do poço da ignomínia onde o carrasco a tinha jogado, haviam encontrado em seu lugar uma rosa branca e perfumada. Cochichavam que o juiz Noyes, que havia condenado Sarah Good, acabara de morrer de uma morte misteriosa, se esvaindo em sangue. Falavam de uma doença estranha que atingia a família dos acusadores e que levava muitos à morte. Falavam. Contavam. Embelezavam. Isso produzia um grande rumor de palavras, tenaz e doce como as ondas do mar.

Talvez tenham sido essas palavras que puseram em pé mulheres, homens e crianças. Que os fizeram girar as rodas de pedras da vida. Um primeiro evento, porém, veio incomodar os espíritos. Se por um lado estávamos acostumados a ver chacoalhar a carroça dos condenados, a notícia de que Gilles Corey havia morrido esmagado continha um horror muito particular. Eu nunca tive simpatia alguma por Gilles Corey e sua mulher, a senhora Martha, sobretudo por ela, que tinha o mau hábito de fazer o sinal da cruz toda vez que me encontrava. Não fiquei comovida quando soube que Gilles testemunhara contra ela. Meu John Indien não tinha me traído também, tomando o lado das minhas acusadoras?

Mas ouvir que esse velho, que de acusador passou a acusado, foi atropelado pelas costas num campo enquanto os juízes empilhavam sobre seu peito pedras cada vez mais pesadas, me fazia duvidar da natureza daqueles que nos condenavam. Onde estava Satanás? Não se escondia ele nas dobras das capas de juízes? Não falava pela voz de juristas e de homens da Igreja?

Disseram que Gilles não abriu a boca, a não ser para pedir pedras cada vez mais pesadas, de modo que seu fim se acelerasse, abreviando seu sofrimento. Logo se puseram a cantar:

"Corey, ô Corey,
para você as pedras não têm peso
para você as pedras são
plumas ao vento."

O segundo evento, que ultrapassou o primeiro em horror, foi a prisão de George Burroughs. Eu já disse, George Burroughs havia sido pastor em Salem antes de Samuel Parris e, bem como Samuel Parris, teve todas as dificuldades para fazer com que se cumprissem os termos de seu contrato. Foi uma de suas mulheres que se deitou em um dos quartos de nossa casa enquanto sua alma fazia a grande viagem. Ouvir que esse homem de Deus fora acusado de ser o favorito de Satanás mergulhou a prisão em consternação.

Deus, esse Deus, cujo amor o levou a deixar a Inglaterra e suas pradarias e seus bosques, havia lhe dado as costas.

Além disso, soubemos, no início de outubro, que o governador da Colônia, o governador Phips, tinha escrito a Londres para pedir conselhos sobre a conduta a ser tomada em matéria de julgamentos de bruxaria. Soubemos, pouco depois, que a Corte de Oyer e Terminer não se reunia mais e que outro Tribunal, cujos membros fossem menos suspeitos de conluio com parentes de acusadoras, seria consultado.

Devo dizer que tudo isso não me preocupava muito. Eu sabia, eu estava condenada à vida!

7.

Desejo às gerações futuras que vivam tempos em que o Estado seja provedor e se preocupe com o bem-estar dos cidadãos.

Em 1692, momento em que esta história se passa, não era nada assim. Tanto na prisão quanto no asilo, não éramos hóspedes do Estado e era necessário que cada um, inocente ou culpado, quitasse os custos da sua estada bem como o preço de suas correntes.

Os acusados eram, em geral, gente abastada, senhores de terra e de fazendas que poderiam ser hipotecadas. Então, não havia problema em satisfazer as exigências da Colônia. Samuel Parris logo avisou que não pretendia gastar nada pela minha estada, o chefe da polícia teve então a ideia de me usar como podia para pagar os custos. Foi assim que ele decidiu me utilizar nas cozinhas.

A comida mais estragada ainda é boa demais para o prisioneiro. As carriolas traziam ao pátio da prisão legumes cujo odor azedo não deixava qualquer dúvida sobre sua condição. Repolho escurecido, cenoura esverdeada, batatas-doces cheias de caruncho, espigas de milho bichadas, compradas pela metade do preço. Uma vez por semana, no dia da Missa, ofereciam aos prisioneiros o favor de um ensopado de osso de boi em litros de água e algumas maçãs secas. Eu preparava esses tristes alimentos, encontrando, apesar de tudo, a memória de receitas antigas. Cozinhar apresenta essa vantagem de libertar o espírito, enquanto as mãos se ocupam cheias de uma criatividade que só pertence a elas e se engaja apenas nelas. Eu cortava todas essas coisas apodrecidas. Eu as temperava com a menta que crescia ao acaso entre duas pedras. Colocava o que podia tirar de um punhado de cebolas nauseabundas. Era excelente em fazer doces que apesar de bastante duros não eram menos saborosos.

Como as reputações são talhadas? Logo, ó estupor!, souberam que eu era uma excelente cozinheira. Desde então, para núpcias e banquetes vinham contratar meus serviços.

Eu me tornei uma figura familiar deambulando pelas ruas de Salem, entrando pelas portas de trás das casas ou das hospedarias. Enquanto eu ia, precedida pelos barulhos das minhas correntes, as mulheres e as crianças vinham até a soleira da porta para me ver. Mas só raramente ouvia provocações e injúrias. Sobretudo, eu era alvo de pena.

Tomei o hábito de ir até o mar, quase invisível entre os coques e os chapéus, as escunas e todos os tipos de navios.

O mar, o mar tinha me curado.

Sua grande mão úmida na minha testa. Seu vapor nas minhas narinas. Seu gosto amargo sobre meus lábios. Pouco a pouco, eu recolhia pedaços do meu eu. Pouco a pouco, retomava a esperança. Em quê? Eu não sabia exatamente. Mas uma antecipação se erguia em mim, doce e frágil, como a aurora. Ouvi pelos rumores da prisão que John Indien estava na linha de frente dos acusadores, que ele acompanhava a praga de Deus nas meninas, gritando seus gritos, se contorcendo com suas torções e denunciando mais alto e mais forte do que elas mesmas. Ouvi que, na ponte de Ipswich, foi ele, antes mesmo de Anne Putnam ou Abigail, quem descobriu a bruxa sob os farrapos de uma pobre mulher. Diziam até que ele via Satanás na forma de uma nuvem acima das condenadas.

Eu sofri ao ouvir dizerem tudo aquilo?

Em maio de 1693, o governador Phips, após um acordo com Londres, declarou perdão geral, e as portas das prisões se abriram diante dos acusados de Salem. Pais reencontraram suas crianças; maridos, suas mulheres; mães, suas filhas. Eu não reencontrei nada. Esse perdão não mudava nada. Ninguém se preocupava com a minha sorte.

Noyes, o chefe de polícia, veio me ver:

— Sabe quanto você deve à Colônia?

Dei de ombros:

— Como eu saberia?

— Está tudo calculado!

E ele folheava as páginas de um livro:

— Está vendo? Está aqui! Dezessete meses de prisão a dois xelins e seis centavos por semana. Quem vai me pagar?

Eu fiz um gesto de quem não sabia e perguntei:

— O que vão fazer?

Ele falou entre dentes:

— Procurar quem pague as somas devidas e depois te dar em troca!

Dei uma gargalhada sem nenhuma alegria:

— Quem vai querer uma bruxa?

Ele deu um sorrisinho cínico:

— Um homem cheio de dinheiro. Sabe a qual preço se vende um negro agora? Vinte e cinco libras!

Nossa conversa parou ali, mas agora eu sabia o destino que me esperava. Uma nova escravidão.

Comecei a duvidar seriamente da convicção fundamental de Man Yaya, segundo a qual a vida era um presente. A vida só seria um presente se cada um de nós pudesse escolher o ventre que nos carregaria. Mas, ser jogado na carne de uma miserável, de uma egoísta, de uma cadela que se vingará de nós pelos reveses de sua própria vida, de ser parte da horda de explorados, dos humilhados, daqueles que são obrigados a um nome, a uma língua, a crenças, ah, que calvário!

Se eu renascer um dia, que seja no exército de aço dos conquistadores! A partir dessa conversa com Noyes, todos os dias desconhecidos vinham me examinar. Eles inspecionavam minhas gengivas e meus dentes. Apalpavam minha barriga e meus seios. Levantavam os meus trapos para examinar minhas pernas. Depois, faziam um beiço:

— Ela está bem magra!

— Você disse que ela tem vinte e cinco anos! Parece que tem cinquenta.

— Não gosto da cor que ela tem.

Uma tarde, achei graça nos olhos de um homem. Meu Deus, que homem! Pequeno, as costas deformadas por uma corcunda que despontava na altura de seu ombro esquerdo, com a cor de uma berinjela, e o rosto devorado por grandes queimaduras vermelhas que se misturavam a uma barba em ponta. Noyes me disse baixinho com desdém:

— É um judeu, um comerciante que dizem ser muito rico. Ele pode pagar sozinho por um carregamento de madeira de ébano e, veja só, aqui está ele, comerciante de palanque de forca!

Eu não entendi o que suas palavras continham de injurioso a mim. Um comerciante? Que aparentemente tinha relações com as Antilhas? Com Barbados?

Então, eu olhei o judeu com os olhos maravilhados, como se sua feiura crassa tomasse o lugar da mais sedutora presença. Ele não simbolizava a possibilidade com a qual eu sonhava?

Transfigurada, uma esperança e um desejo se acendem nos meus olhos que, sem dúvida, ao confundir seus significados, fazem com que ele se vire e saia mancando. Ele tinha, notei logo, a perna direita mais curta que a esquerda.

Noite, noite, noite mais bela que o dia! Noite abarrotada de sonhos! Noite, grande lugar dos encontros em que o presente toma o passado pela mão, em que os vivos e os mortos se misturam!

Na cela onde só restavam a pobre Sarah Daston, velha demais, pobre demais e que seguramente terminaria sua vida ali, Mary Watkins, que esperava um possível senhor, e eu, que ninguém queria, consegui me recompor para rezar a Man Yaya e Abena, minha mãe. Que seus poderes combinados me fizessem cair nas mãos desse comerciante, cujos olhos me diziam que também conhecia o país do sofrimento e que, de uma maneira que eu não poderia definir, nós poderíamos estar do mesmo lado.

Barbados!

Durante os períodos furiosos, aturdida pela minha doença, eu não havia mais pensado em minha terra natal. Mas, uma vez precariamente restabelecidas as partes do meu ser, sua lembrança tomou conta de mim.

Ainda assim, as notícias que recebi não eram boas. O sofrimento e a humilhação tinham plantado seu império. A vil esquadra de navios negreiros continuava fazendo girar a roda da miséria. Quebre, moinho, com a cana, ante meus braços e que meu sangue tinja seu doce sumo!

E não era só isso!

A cada dia, outras ilhas ao redor dela eram abertas para o apetite dos brancos e eu soube que, nas colônias do Sul da América, nossas mãos agora teciam longas mortalhas de algodão.

Naquela noite, eu tive um sonho.

Meu barco entrava no porto, a vela inflada com toda a minha impaciência. Eu estava no cais e via o casco revestido de alcatrão abrir a água. Ao pé de um dos mastros, distingui uma forma que não pude nomear. Porém, sabia que ela me traria alegria e sorte. Em quanto tempo conheceria essa treva? Isso eu não podia dizer. Eu sabia que o destino era um ancião. Ele caminha com passos pequenos. Ele se detém para poder respirar. Ele segue. Para mais uma vez. Espera seu final a seu tempo. Mesmo assim, a certeza me dizia que eu tinha deixado as horas escuras para trás e que poderia respirar em breve.

Naquela noite, Hester veio se deitar ao meu lado, como ela fazia às vezes. Apoiei minha cabeça sobre o lírio tranquilo da maçã do seu rosto e me aconcheguei nela.

Lentamente, o prazer invadiu meu corpo, o que me surpreendeu. Podemos sentir prazer ao abraçar forte um corpo como o nosso? O prazer para mim sempre teve a forma de outro corpo, cujas cavidades se encaixavam às saliências e onde as saliências se aninhavam nas macias planícies da minha carne. Hester me indicava o caminho para outro gozo?

Três dias depois, Noyes veio abrir a porta da minha cela. Atrás dele, à sua sombra, estava o judeu, mais ruivo e manco do que nunca. Noyes me empurra até o pátio da prisão e lá o ferreiro, um homem enorme de avental de couro, me coloca, sem o menor jeito, com as pernas ao redor de um toco de madeira. Então, num golpe de marreta, com habilidade assustadora, ele quebrou minhas correntes e elas voaram. Repetiu a operação em meus punhos, enquanto eu berrava.

Eu berrava com o sangue que durante tantas semanas esteve impedido de correr nas minhas carnes e inundá-las, plantando mil dardos, mil pontas de fogo sob minha pele.

Eu berrava, e esse berro, tal qual o de um recém-nascido, aterrorizado, saudava meu retorno ao mundo. Eu tinha que reaprender a caminhar. Privada de minhas correntes, eu não conseguia encontrar equilíbrio e cambaleava como uma mulher tomada por algum álcool ruim. Eu tinha que reaprender a falar, a me comunicar com os meus, a não me contentar com raros monossílabos. Eu tinha que reaprender a olhar meus interlocutores nos olhos. Eu tinha que aprender a disciplinar meus cabelos, ninho de serpentes sibilantes ao redor da minha cabeça. Eu tinha que esfregar unguentos na minha pele seca e descamada, que parecia um couro mal curado.

Poucos indivíduos têm esse azar: nascer pela segunda vez.

8.

Benjamin Cohen d'Azevedo, o judeu que acabara de me comprar, tinha perdido a mulher e as filhas mais novas numa epidemia de coqueluche. Ainda lhe restavam cinco meninas e quatro meninos para os quais ele necessitava com urgência de uma mão feminina. Como ele não pretendia se casar novamente como todos os homens da colônia, preferiu procurar os cuidados de uma pessoa escravizada.

Eu me vi então diante de quase uma dezena de crianças de todos os tamanhos, cabelos pretos como o pega-rabuda, cabelos ruivos como os do pai, e todos tinham essa particularidade de não saber sequer uma palavra em inglês. Na verdade, a família de Benjamin era de Portugal, mas, por conta de perseguições religiosas, foram se refugiar na Holanda. De lá, uma parte foi para o Brasil, para o Recife para ser mais exata, e novamente tiveram que fugir quando a cidade foi retomada pelos portugueses. Em seguida, a família se dividiu em duas partes, um clã se estabeleceu em Curaçao, enquanto o outro tentava a sorte nas colônias da América. E essa ignorância do inglês, essa tagarelice incessante em hebraico ou em português, mostrava até que ponto essa família era indiferente a tudo o que não era a sua própria desgraça, a tudo o que não eram as tribulações dos judeus pela terra. Eu me pergunto se Benjamin Cohen d'Azevedo estava ciente dos julgamentos das Bruxas de Salem e se não era com inocência que ele havia entrado na prisão. Em todo caso, se ele estava ciente do assunto, atribuiu essa terrível crueldade, que lhe pareceu caracterizar, àqueles a quem chamava de gentios e me absolveu completamente. Então, não poderia ter sido melhor para mim, em certo sentido.

Os únicos visitantes que se infiltravam furtivamente na casa de Benjamin Cohen d'Azevedo eram uma meia dúzia de outros judeus que vinham celebrar com ele os rituais de sábado. Soube que ele pediu permissão para ter uma sinagoga, mas foi negada. Então, eles se amontoavam num cômodo da vasta casa, em frente a candelabros com sete bocais e, neles, sete velas, e pronunciavam numa voz monocórdia palavras misteriosas. Na véspera daqueles dias, não acendiam as luzes e a tropa de crianças comia, tomava banho e ia para a cama na mais profunda escuridão.

Benjamin Cohen d'Azevedo estava em constante correspondência e relações comerciais com outros Cohen, Levy ou Frazier que viviam em Nova York (que ele insistia em chamar Nova Amsterdã!) ou em Rhode Island. Ele ganhava a vida com o comércio de tabaco e tinha dois barcos que navegavam, em associação com o seu correligionário e amigo, Judah Monis. Esse homem, cuja fortuna era considerável, não tinha vaidade alguma, fazia suas próprias roupas com pedaços de tecido de Nova York, se alimentava de pão sem sal e de mingau. Um dia depois de eu ingressar no serviço, ele me entregou um frasco e disse com sua voz rouca:

— Foi a minha falecida Abigail que preparou isso. Esse remédio poderoso vai deixar você novamente em pé.

Depois ele se afastou com os olhos baixos, como se tivesse vergonha da bondade em seu coração. Nesse mesmo dia, ele me trouxe roupas cortadas em um pano escuro e de uma forma pouco usual:

— Tome, pertencia à minha falecida Abigail, e onde quer que ela esteja, se alegraria se você as vestisse.

Foi a falecida que nos aproximou.

Ela começou a tecer entre nós uma rede de pequenas bondades, pequenos serviços, pequenos reconhecimentos. Benjamin cortou entre Metahebel, sua filha mais velha, e eu, uma laranja que veio das ilhas, me convidou para beber um copo de vinho do Porto quente com seus amigos e jogou no meu ombro mais um cobertor, quando a noite estava muito fria. Eu passei as camisas dele com muito cuidado, escovei e tingi sua capa esverdeada pelo desgaste e coloquei mel em seu leite. No dia do primeiro aniversário de morte de sua companheira, eu o vi tão desesperado que não pude aguentar, e me aproximei lentamente:

— Você sabe que a morte é só uma passagem na qual a porta fica sempre entreaberta?

Ele me olhou incrédulo. Eu tomei coragem e perguntei:

— Quer se comunicar com ela?

Seus olhos se encheram de lágrimas. Eu dei as instruções:

— Esta noite, quando as crianças estiverem dormindo, me encontre no pomar. Traga um cordeiro ou, na falta de um, uma galinha do seu amigo, o shohet.*

Confesso que, ao mesmo tempo, apesar da minha aparente confiança, não tinha certeza de nada. Fazia tanto tempo que não praticava minha arte! Na promiscuidade da prisão, entre meus companheiros de infortúnio, privada de qualquer elemento da natureza para me ajudar, nunca consegui me comunicar com os meus invisíveis, a não ser em sonhos. Hester me visitava regularmente. Man Yaya, Abena, minha mãe, e Yao, mais raramente. Mas aqui, Abigail não tinha que atravessar a água. Ela não estava longe, eu tinha certeza, não podia se afastar do marido e muito menos de seus filhos e filhas amadas. Algumas orações e um sacrifício ritualístico a fariam aparecer. E o pobre coração de Benjamim floresceria.

---

* Açougueiro kosher. [N. T.]

Por volta das dez horas, Benjamin me encontrou sob uma árvore em flor. Ele arrastava uma ovelha de lã imaculada, com belos olhos, cheios de resignação. Eu já havia começado as minhas recitações e esperava que a lua, ainda sonolenta, viesse fazer sua parte na cerimônia. No momento decisivo, tive medo, mas lábios se descansaram sobre meu pescoço e soube que era Hester, vindo reanimar a minha coragem.

O sangue inundou a terra e seu cheiro forte desceu pela garganta.

Depois de um tempo que me pareceu interminável, uma forma se descolou e uma pequena mulher de tez branca e cabelos muito pretos veio até nós. Benjamin caiu de joelhos.

Por discrição, eu me afastei. O diálogo entre marido e mulher durou muito tempo.

Dali em diante, toda semana, eu permitia que Benjamin Cohen d'Azevedo revisse aquela que ele tinha perdido e de quem sentia tanta falta. Isso acontecia geralmente na noite de domingo, quando os últimos amigos, que vinham trocar notícias sobre os judeus espalhados pelo mundo, iam embora depois de ler um verso de seu Livro Sagrado. Benjamin e Abigail falavam, creio eu, do progresso de seus negócios, da educação dos filhos, das preocupações que eles lhes causavam, em especial o último, Moisés, que se misturava com frequência aos gentios, querendo falar a língua deles. Acho que era sobre isso que falavam, porque essa conversa acontecia em hebraico e eu escutava, com uma espécie de angústia, os sons obscuros daquele idioma.

Ao cabo de um mês, Benjamin me pediu autorização para trazer sua filha Metahebel ao encontro.

— Você não pode imaginar o que a morte da mãe significou para ela. Elas só tinham dezessete anos de diferença e Metahebel era muito ligada à Abigail, como uma irmã. Nos últimos tempos, eu até as confundia. Elas tinham o mesmo riso, as mesmas tranças castanhas, enroladas na cabeça e as peles muito pálidas que exalavam o mesmo perfume. Tituba, às vezes eu me pego duvidando de Deus, quando ele separa mãe e filha desse jeito! Duvidar de Deus! Pode ver que eu não sou um bom judeu!

Como eu poderia negar?

Metahebel era minha favorita da trupe. Tão doce que tremíamos ao pensar no que a vida, megera caprichosa, pudesse fazer dela. Tão preocupada com os outros. Ela falava um pouco de inglês e me dizia:

— Por que todas essas nuvens no fundo dos seus olhos, Tituba? No que está pensando? Nos seus que estão em escravidão? Você não sabe que Deus abençoa o sofrimento e que é assim que ele reconhece os seus?

Mas essa profissão de fé não me satisfazia e eu sacudia a cabeça:

— Metahebel, não chegou o tempo em que as vítimas deveriam trocar de lado?

De agora em diante, ficávamos os três tremendo no jardim, esperando pelas aparições de Abigail. O casal conversava primeiro. Depois a menina se aproximava da mãe. Elas ficavam sozinhas.

Por que qualquer relacionamento um pouco tingido de afetividade entre um homem e uma mulher tem que acabar em uma cama? Eu não entendia.

Como Benjamin Cohen d'Azevedo e eu, ele bem ocupado com a lembrança de uma morte, e eu, com a de um ingrato, encontramo-nos presos a um caminho de carícias, conversas e prazeres recebidos e dados?

Acho que a primeira vez que isso aconteceu, ele ficou ainda mais surpreso do que eu mesma, porque ele achava que seu sexo era uma coisa sem uso e ficou surpreso ao encontrá-lo inflamado, rígido e penetrante, inchado de um sumo abundante. Ele ficou surpreso e muito envergonhado, ele que ensinava a seus filhos o horror do pecado da fornicação. Deu um passo para o lado, gaguejando desculpas que foram varridas por uma nova onda de desejo.

A partir dali, eu vivia essa situação estranha de ser, ao mesmo tempo, amante e serva. O dia não me dava descanso. Precisava tosar a lã, fiar, acordar as crianças, ajudá-las a se lavar, a se vestir, fazer sabão, lavar a roupa, passar, tingir, remendar roupas, lençóis, cobertores e até mesmo os sapatos. Sem falar do sebo para velas, que precisava ser recolhido, os animais que tinham que ser alimentados e a casa que precisava ser mantida. Por motivos religiosos, eu não preparava refeições, Metahebel cuidava disso e eu não gostava de que sua juventude fosse desperdiçada nesses trabalhos domésticos.

À noite, Benjamin Cohen d'Azevedo vinha até o quartinho precário onde eu dormia em uma cama com pés de cobre. Devo confessar que, quando ele se despia e eu via seu corpo seboso e vacilante, não podia deixar de pensar no corpo musculoso e escuro de John Indien. Uma bola de dor subiu pela minha garganta e lutei para abafar meus soluços. Mas isso não durou e, com meu amante falso, também me deixava levar à deriva pelo mar das delícias. Os momentos mais doces, no entanto, eram aqueles em que conversávamos. Sobre nós. Apenas sobre nós.

— Tituba, você sabe o que é ser judeu? Desde 629, os merovíngios da França comandaram a nossa expulsão de seu reino. Após o Concílio do Papa Inocêncio III, os judeus tiveram que usar uma marca circular em suas roupas e cobrir a cabeça. Ricardo Coração de Leão, antes de partir para as Cruzadas, ordenou um ataque geral contra os judeus. Sabe quantos de nós perderam a vida durante a Inquisição?

Eu não fiquei quieta e o interrompi:

— E nós, você sabe quantos de nós sangraram desde as costas da África?

Mas ele retomava:

— Em 1298, os judeus de Rottingen foram todos dizimados e a onda da morte se estendeu até a Baviera e a Áustria... Em 1336, foi do Reno à Boêmia e à Morávia que espalhamos nosso sangue!

Ele me rebatia a todo tempo.

Numa noite em que nossa deriva foi mais violenta do que o de costume, Benjamin murmurou apaixonadamente:

— Tem sempre uma sombra no fundo dos seus olhos, Tituba. O que eu posso lhe dar para que você seja feliz ou quase?

— A liberdade!

As palavras saíram sem que eu as pudesse prender. Ele me olhou com seus olhos movediços:

— A liberdade! Mas o que vai fazer com ela?

— Vou me sentar em um dos seus navios e partir o quanto antes para o meu Barbados.

Seu rosto endureceu e eu reconheci o pesar:

— Nunca, nunca, está me ouvindo, pois se você partir, eu vou perdê--la pela segunda vez. Nunca mais me diga isso.

Nós nunca mais falamos sobre isso. As palavras ouvidas têm a mesma consistência dos sonhos e apresentam essa particularidade de poderem ser facilmente esquecidas.

Retomamos nossos hábitos de onde os havíamos deixado. Pouco a pouco, eu me fundia a essa família judia. Aprendi a me virar no português. Me apaixonei pelas histórias da naturalização e me irritava quando a mesquinhez de um governador a tornava difícil, se não impossível. Me apaixonei pelas histórias da construção das sinagogas e aprendi a considerar Roger Williams um espírito liberal e avançado, um verdadeiro amigo dos judeus. Sim, cheguei a, como os Cohen d'Azevedo, dividir o mundo em dois campos: os amigos dos judeus e os outros, e calcular as chances de os judeus encontrarem um lugar para fazer a vida no Novo Mundo.

Uma tarde, no entanto, caí em mim. Eu acabara de levar uma cesta de maçãs secas à mulher de Jacob Marcus, que tinha parido sua quarta filha, e atravessava não muito alegre e com dificuldades a ventosa e fria rua Front, quando ouvi chamarem meu nome:

— Tituba!

Estava diante de uma jovem negra cujo rosto a princípio não significou nada para mim. Já naquela época, havia tanto na cidade de Salem como na de Boston e em toda a Bay Colony um grande número de negros ocupados com mil tarefas servis que não chamavam mais atenção de ninguém.

Como hesitei, ela exclamou:

— Sou eu, Mary Black! Esqueceu-se de mim?

A memória volta.

Mary Black era uma mulher escravizada por Nathaniel Putnam. Acusada, como eu, pelo clã de cadelinhas, de ser uma bruxa. Ela fora levada à prisão de Boston e até então eu não sabia o que tinha sido feito dela.

— Mary!

De um só golpe, o passado me esmagou com seu peso de dor e humilhação. Soluçamos por alguns instantes nos braços uma da outra. Depois ela me contou todas as novidades:

— Ah, sim! Toda a maquinação sinistra foi descoberta agora! As meninas foram manipuladas pelos pais. História de terra, muito dinheiro, velhas rivalidades. Agora o vento virou e querem expulsar Samuel Parris da aldeia, mas ele está se segurando. Está pedindo os salários atrasados, a lenha que nunca lhe foi entregue. Você sabia que a esposa dele teve um filho?

Eu não quis ouvir nem mais uma palavra e a interrompi:

— E você, o que tem feito?

Ela deu de ombros:

— Eu ainda estou lá na casa de Nathaniel Putnam. Ele me trouxe de volta depois do perdão do governador Phips. Ele está zangado com o primo Thomas. Você sabe que o doutor Griggs agora diz que Mary Putnam e a filha Anne não andavam bem da cabeça? Tarde demais! Tarde demais! A verdade sempre chega tarde demais, porque ela anda mais devagar do que a mentira. Ela vai sempre lenta, a verdade!

Uma pergunta me queimava os lábios, mas eu tentava não fazê-la. No fim, não pude me conter:

— E John Indien, o que aconteceu com ele?

Ela hesitou e repeti a pergunta com mais força. Ela disse brevemente:

— Ele não mora mais na aldeia.

Fiquei estupefata.

— E para onde ele foi?

— Topsfield.

Topsfield? Eu peguei a pobre Mary pelos braços sem me dar conta de que meus dedos afundavam em sua carne inocente:

— Mary, pelo amor de Deus, me diga com quem! O que ele faz em Topsfield?

Ela se resignou a me olhar no rosto:

— Você se lembra da senhora Sarah Porter?

Não mais do que das outras. Uma infeliz que não erguia os olhos do seu livro de preces na igreja.

— Bem, ele começou a trabalhar para ela e quando o marido dela morreu, caindo de um telhado, ele foi para cama dela. Isso causou tamanha comoção na aldeia que eles tiveram que ir embora.

Eu devia ter o ar tão derrotado que ela acrescentou em tom de consolo:

— Parece que eles não se dão bem.

Eu não ouvi o resto da conversa. Parecia que eu ia ficar louca. Foi quando as palavras de Hester voltavam à minha memória:

— Brancos ou negros, a vida é boa demais para os homens!

Inútil, eu usava minhas forças na escravidão, enquanto meu homem, em botas de couro, caminhava com um ar de conquistador, sobre seu novo terreno, fazendo mesuras. Porque ela era rica, a Porter, lembrei agora. Seu nome e o de seu falecido estavam entre aqueles que pagavam os impostos mais altos.

Apertei o passo, pois o vento estava mais vivo e se insinuava através das roupas que Benjamin Cohen tinha me dado e que guardavam o cheiro doce e penetrante da morte.

Apertei o passo e me dei conta de que eu só tinha um refúgio: a grande casa da rua Essex.

Quando cheguei, era a hora da Minnah. As crianças, reunidas ao redor do pai, pronunciavam as palavras que por fim me eram familiares: *Sh'ma Yisrael: Adonai Elohenu Ehad.*

Eu corri para o meu quartinho e deixei a dor tomar conta de mim por completo.

9.

No entanto, minha dor foi embora, como sempre: ela se apaziguou e passei quatro meses de paz, não ouso dizer de felicidade, com Benjamin Cohen d'Azevedo.

À noite, ele murmurava para mim:

— Nosso Deus não conhece raça nem cor. Você pode, se quiser, se tornar uma de nós e rezar conosco.

Eu o interrompi com um riso:

— Seu Deus aceita até as bruxas?

Ele me beijava as mãos:

— Tituba, você é a minha bruxa amada.

Por instantes, então, a angústia renascia. Eu sabia que o azar nunca me abandonaria. Sabia que ele privilegiava o meu destino e esperava.

Eu esperava.

10.

Começou quando a mezuzá, que ficava acima da porta de entrada da casa de Benjamin Cohen d'Azevedo, assim como na casa de dois outros judeus, foi arrancada e substituída por um desenho obsceno com tinta preta.

Os Judeus estavam tão acostumados às perseguições que Benjamin, farejando o vento, contou seus filhos e os fez entrar como um rebanho dócil. Levei horas para encontrar Moisés, que estava na companhia de gaiatos, não muito longe das docas, sua kipá escondida precariamente por uma mecha de cabelo ruivo. O dia seguinte foi dia do sabá. Como de costume, os cinco Levys e os três Marcus — Rebecca, a esposa de Jacob ainda limitada pelo bebê — esgueiraram-se até a casa de Benjamin para celebrar o ritual. No entanto, vozes talvez mais trêmulas do que o normal se elevaram quando uma explosão de pedras ricocheteou contra portas e janelas.

Eu, que não tinha nada a perder, saí e vi uma pequena aglomeração de homens e mulheres em sinistros trajes Puritanos a alguns metros da casa. A ira tomou meu corpo e avancei contra os agressores. Um homem estrondeou:

— O que pensam de verdade aqueles que nos governam? Foi para isso que deixamos a Inglaterra? Para ver proliferar, ao nosso lado, judeus e negros?

Um voo de pedras se abateu contra mim. Eu continuei avançando, cheia de um furor que me incendiava e deixava minhas pernas ágeis.

Bruscamente alguém gritou:

— Vocês não a estão reconhecendo? É Tituba, uma das bruxas de Salem!

O voo das pedras se tornou mais intenso. O dia escureceu. Eu me senti como Ti-Jean, quando armado apenas de sua própria vontade desfez as colinas, empurrou as ondas do mar e forçou o sol a retomar seu curso. Não sei quanto tempo durou essa batalha.

No fim do dia, me encontrava com o corpo arrebentado, enquanto Metahebel em prantos trocava as compressas da minha testa.

Veio a noite, tive um sonho. Eu queria entrar em uma floresta, mas as árvores uniram forças contra mim, e trepadeiras negras, caídas dos galhos, me impediram. Abri os olhos: o quarto estava escuro e enfumaçado.

Afoita, acordei Benjamin Cohen d'Azevedo, que tinha vindo dormir perto de mim para cuidar das minhas feridas. Ele se pôs de pé e disse:

— Meus filhos!

Era tarde demais. O fogo habilmente aceso nos quatro cantos da casa já havia engolido o térreo e o primeiro andar. Ele cambaleou pelo quartinho. Eu tive a presença de espírito de jogar pela janela os colchões de palha, sobre os quais pousamos no meio das vigas queimadas, cortinas fumegantes e pedaços de metal retorcido. Retiramos os nove pequenos cadáveres dos escombros. Surpreendidas durante o sono, esperávamos que as crianças não tivessem sentido medo e nem que tivessem sofrido. Pois não se juntariam à mãe?

As autoridades da cidade deram a Benjamin Cohen d'Azevedo um pedaço de terra para que pudesse enterrar os seus, e este foi o primeiro cemitério judeu das colônias da América, antes do de Newport.

Como se isso não fosse o suficiente, os dois navios que pertenciam a Benjamin e seu amigo queimaram no porto. No entanto, creio que essa perda material o tenha deixado completamente indiferente. Quando voltou a um estado em que fosse capaz de emitir algum som, Benjamin Cohen d'Azevedo veio até mim:

— Tudo isso tem uma explicação racional: eles nos querem longe do lucrativo comércio com as Antilhas. Eles sempre temem e odeiam a nossa engenhosidade. Mas eu, eu não creio nisso. Foi Deus que me puniu. Não tanto pelo desejo que sinto por você. Os judeus sempre tiveram um forte instinto sexual. Nosso pai Moisés, em sua velhice, tinha ereções. Deuteronômio disse: "Seu poder sexual não tinha diminuído." Abraão, Jacó, Davi tiveram concubinas. Também não foi porque eu utilizei da sua arte para rever Abigail. Isso lembrou-o do amor de Abraão por Sarah. Não, ele me puniu porque neguei a única coisa que você desejava, a liberdade! Porque eu a prendi junto a mim à força, usando essa violência que ele reprova. Porque fui egoísta e cruel.

Protestei.

— Não, não!

Mas ele não me escutou e continuou:

— Você está livre agora. E aqui está a prova.

Ele me entregou um pergaminho estampado com vários selos, para os quais não olhei, balançando freneticamente a cabeça:

— Eu não quero essa liberdade. Quero ficar com você.

Ele me abraçou:

— Eu vou partir a Rhode Island, onde, ao menos até agora, um judeu pode ter o direito de ganhar a vida. Um correligionário me espera lá.

Eu soluçava:

— O que quer que eu faça sem você?

— Que volte a Barbados. Não é seu desejo mais caro?

— Não a esse preço! Não a esse preço!

— Reservei um lugar a bordo do *Bless the Lord*, que parte em alguns dias para Bridgetown. Tome, aqui está uma carta de intenção de um correligionário, comerciante dessa cidade. Ele se chama David da Costa. Eu pedi a ele que a ajudasse, se for preciso.

Enquanto eu ainda protestava, ele juntava minhas mãos às suas e me forçava a repetir as palavras de Isaías:

"Assim diz o Deus Eterno
O céu é o meu trono
e a terra o escabelo dos meus pés
que casa me edificaríeis vós
E qual seria o lugar do meu descanso?"

Quando me acalmei um pouco, ele me disse:

— Me dê uma última graça. Permita que eu veja meus filhos.

Dada a impaciência do infeliz pai, não esperamos a noite. Logo que o sol se pôs atrás dos telhados azulados de Salem, encontramo-nos no pomar de maçãs. Levantei minha cabeça na direção dos dedos retorcidos das árvores, o coração inchado de uma amargura que contestava minha fé. Metahebel foi a primeira a aparecer, cabelos atrás das orelhas, como uma jovem deusa das religiões primitivas. Benjamin Cohen d'Azevedo sussurrou:

— Júbilo do pai, você está feliz?

Ela mexe a cabeça em afirmativa, enquanto os irmãos tomam lugar ao redor dela, e pergunta:

— Quando estará conosco? Se apresse, pai. Na verdade, a morte é a maior das bênçãos.

Eu descobriria rapidamente que, mesmo munida da minha alforria em boa e devida forma, uma negra não estava a salvo do assédio. O capitão do *Bless the Lord*, um escroque de nome Stannard, me examinou da cabeça aos pés e, aparentemente, o que viu não o agradou. Enquanto ele hesitava, virando e revirando meus papéis em suas mãos, um marinheiro passou por trás dele e sussurrou o que ele devia saber.

— Cuidado, é uma das Bruxas de Salem!

E pronto! Mais uma vez eu me encontrava em confronto com esse epíteto! Eu decidi, porém, não me deixar intimidar e repliquei:

— Faz quase três anos que um perdão geral foi emitido pelo governo da Colônia. As ditas "bruxas" foram absolvidas.

O marinheiro retrucou:

— Pode ser, mas você confessou seu crime. Não tem perdão para você!

O desencorajamento me tomou e não encontrei nada com que replicar. Enquanto isso, um brilho astuto passou nos olhos selvagens do capitão e ele disse:

— Então você sabe impedir as doenças com magia? E os naufrágios?

Ergui os ombros:

— Eu sei curar algumas doenças. Quanto aos naufrágios, não posso fazer nada.

Ele tira o cachimbo da boca e cospe no chão uma saliva preta e fedorenta:

— Negra, quando falar comigo, diga "senhor" e baixe os olhos, senão o chicote vai estalar na sua boca. Sim, eu vou te levar a Barbados, mas por conta da minha bondade, e você vai cuidar da saúde da minha tripulação e vai impedir as doenças.

Eu não disse mais nada.

Então, ele me levou até a parte de trás do convés, repleta de caixas de peixes, caixotes de vinho, barris de óleo e me mostrou um espaço entre as cordas:

— Você viaja aí!

Para dizer a verdade, eu não estava com humor nem para protestar nem para brigar. Pensava apenas nos trágicos acontecimentos que acabavam de acontecer. Man Yaya dissera e repetira: "O que conta é sobreviver!"

Mas ela tinha errado, a vida era só uma pedra no pescoço de homens e de mulheres. Poção amarga e ardente!

Ah, Benjamin, meu manco e doce amante! Ele havia partido para Rhode Island, com uma prece na boca:

— *Sh'ma Yisrael: Adonai Elohenu Adonai Ehad!*

Quantas dilapidações? Incêndios? Sangue derramado? Quantas genuflexões ainda?

Comecei a imaginar um outro curso para a vida, um outro significado, uma outra urgência.

O fogo destrói a copa da árvore. Ele desapareceu em uma nuvem de fumaça, o Rebelde. Então ele triunfou sobre a morte e seu espírito permanece. O amedrontado círculo de escravizados retoma a coragem. O espírito permanece.

Sim, outra urgência.

Enquanto isso, coloquei o cesto que continha meus parcos pertences entre as cordas, apertei em torno de mim as dobras do meu manto e me esforcei para saborear o momento presente. Apesar de tudo, será que eu não vivia a realização de um sonho que, tantas vezes, manteve meus olhos abertos? Pronto, agora eu ia voltar à minha terra natal.

Não menos selvagem, sua terra. Não menos verdes, suas colinas. Não menos violáceas suas canas-do-mato, cheias de um sumo pegajoso. Não menos acetinado, o cinturão de esmeralda que o circundava. Mas os tempos tinham mudado. Homens e mulheres não aceitavam mais sofrer. O Rebelde desaparece em uma nuvem de fumaça. Seu espírito permanece. Os medos se dissipam.

No meio da tarde, me tiraram do meu descanso para cuidar de um marinheiro. Era um negro designado à cozinha. Ele tremia de febre. Me olhou com um ar de desconfiança:

— Me disseram que você se chama Tıtuba. Por acaso, é a filha de Abena e de um branco?

Ter me reconhecido depois de dez anos de ausência me pôs lágrimas nos olhos. Eu tinha me esquecido dessa faculdade que nosso povo tem de lembrar. Ah, não! Nada escapa. Tudo se grava na memória!

Eu gaguejei:

— Sim, você sabe meu nome!

Seu olhar se encheu de doçura e de respeito:

— Parece que te deram uma vida dura lá, hein?

Como ele sabia? Eu comecei a chorar e, através dos meus soluços, ouvi ele tentar me consolar, sem jeito:

— Está viva, Tituba! Não é o essencial?

Sacudi a cabeça convulsivamente. Não, não era o essencial. Claro que era necessário; claro, era necessário que a vida tivesse outro gosto. Mas como?

A partir dali, Deodatus, o marinheiro, vinha se sentar ao meu lado todos os dias e me trazia comida surrupiada da mesa do capitão, sem a qual eu certamente não resistiria à viagem. Como Man Yaya, ele era nagô do Golfo do Benim. Cruzou as mãos na nuca e, olhando para o desenho emaranhado das estrelas, me segurava em suspensão:

— Sabe por que o céu se separou da terra? Antes eles eram muito próximos e à noite, antes de deitar, conversavam como velhos amigos. Mas as mulheres que preparavam a janta irritavam o céu com o barulho dos seus pilões e principalmente com suas reclamações. Então, ele se retirou, foi para muito alto, cada vez mais longe para trás do azul imenso que se estende acima da nossa cabeça...

— Sabe por que a palmeira é a rainha das árvores? Porque cada uma de suas partes é necessária à vida. Com seus frutos, fabricamos o óleo dos sacrifícios; com suas folhas, cobrimos nossos tetos; com suas fibras, as mulheres fazem vassouras que servem para limpar as cabanas e os terrenos.

O exílio, os sofrimentos, a doença estavam conjugados de tal maneira que eu tinha quase esquecido essas histórias ingênuas. Com Deodatus revi minha infância e o escutava sem cansar.

Às vezes, ele me contava de sua vida. Tinha viajado ao longo de toda a costa da África a serviço de Stannard. Anos antes, ele estava envolvido no Tratado e Deodatus era seu intérprete. Ele o acompanhou à cabana dos líderes com os quais se concluía o vergonhoso tráfico:

— Doze negros por uma barrica de aguardente, uma ou duas libras de pólvora e uma sombrinha de seda para abrigar Vossa Majestade.

Meus olhos se encheram de água. Tanto sofrimento por alguns bens materiais.

— Você não pode imaginar a ganância desses reis negros! Eles estavam prontos para vender seus súditos se as leis, que eles não ousavam desafiar, não os proibissem! Então os brancos cruéis se beneficiam.

Também falávamos muito do futuro. Deodatus foi o primeiro a me perguntar:

— O que vem fazer nesta terra? — E completou: — Que sentido tem a sua liberdade diante da escravidão dos seu povo?

Eu não soube responder. Porque eu retornava à minha terra natal como uma criança que corre para baixo da saia da mãe e se aconchega. Balbuciei:

— Vou procurar a minha cabana na antiga propriedade de Darnell e... Deodatus zombou:

— Por que você imagina que ela está lá te esperando? Quando foi que você partiu?

Todas essas perguntas me incomodaram, pois eu não conseguia encontrar respostas. Eu aguardava, esperava um sinal dos meus. Pobre de mim! Nada aconteceu e fiquei sozinha. Sozinha. Pois se a água das nascentes e dos rios atrai os espíritos, a do mar, em perpétuo movimento, assusta-os. Eles se mantêm afastados de sua imensidão, às vezes enviam mensagens para aqueles que estimam, mas não o atravessam, não ousam ficar sobre as ondas:

"Atravessem as águas, ô meus pais!

Atravessem as águas, ó minhas mães!"

A prece é vã.

No quarto dia, a febre que eu tinha curado tão bem em Deodatus instalou-se em outro membro da tripulação, depois em outro, depois em outro. Compreendemos que era uma epidemia. Tantas febres e doenças ruins circulavam entre a África, a América e as Antilhas, mantidas pela sujeira, pela promiscuidade e pela comida ruim! Não faltavam a bordo nem rum, nem limões dos Açores nem pimenta caiena. Fiz algumas poções que administrei quentes. Esfreguei os corpos suados e bati nos doentes com chumaços de palha. Fiz o que pude, sem dúvida ajudada por Man Yaya, e meus esforços foram coroados com sucesso. Só morreram quatro homens, jogados ao mar, que os acolheu nas dobras de sua mortalha.

Acham que o Capitão manifestou a mim algum reconhecimento...? No oitavo dia, quando os ventos batiam forte, as águas se tornaram óleo e o navio se pôs a balançar como a cadeira de balanço de uma velha em sua varanda. Stannard me arrastou pelos cabelos até o pé do grande mastro:

— Negra, se quer salvar a sua pele, manda o vento embora. Eu tenho uma carga de perecíveis e, se esse vento continuar balançando, serei obrigado a jogar tudo fora, mas antes quem pula é você.

Nunca achei que pudesse comandar os elementos. Na verdade, esse homem tinha me lançado um desafio. Eu me virei para ele:

— Preciso de animais vivos.

Animais vivos? Àquela altura da viagem, só havia galinhas, que eram destinadas à mesa do comandante, uma cabra com as tetas cheias do leite para o seu café da manhã e, como bônus, alguns gatos que serviam para caçar os ratos a bordo. Me trouxeram tudo.

O leite e o sangue! Teria eu os líquidos essenciais com a carne dócil das oferendas?

Olhei o mar, floresta incendiada. De repente, um pássaro emergiu das brasas e subiu em linha reta em direção ao sol. Então ele parou, fez um círculo e parou novamente, antes de retomar sua surpreendente ascensão. Eu sabia que era um sinal e que as orações do meu coração não permaneceriam sem eco.

Durante um tempo interminável, o pássaro era apenas um ponto imperceptível de que muitas vezes meus olhos duvidavam, tudo estava suspenso, como se esperássemos por uma decisão misteriosa. Então, um grande assobio preenche o espaço, vindo de um dos cantos do horizonte. O céu mudou de cor, de um azul violento para um cinza muito suave. O mar começou a espumar e a espiral do vento girou em torno das velas, enroscando-as, soltando as cordas e quebrando em dois um mastro que desmoronou, matando um marinheiro. Entendi que meus sacrifícios não tinham sido suficientes e que o invisível exigia ainda um "cordeiro sem chifres". Nós avistamos Barbados na manhã do décimo sexto dia.

Quando atracamos, logo na chegada, fui procurar Deodatus para lhe dizer adeus, mas ele tinha desaparecido. Eu então concebi a tristeza.

II

Meu querido amante deformado e manco. Eu me lembro dessa parca felicidade que conhecemos antes de perder você para sempre.

Quando você se juntou a mim na cama grande do meu quartinho, nós nos lançamos como um barco ébrio em um mar agitado. Você me guiou com suas pernas e nós finalmente chegamos à costa. O sono nos oferecia a doçura de suas praias e, de manhã, plenos de um novo vigor, poderíamos começar nossas tarefas diárias.

Meu querido amante deformado e manco! Na última noite que passamos juntos, não fizemos amor, foi como se nosso corpo desaparecesse diante de nossa alma. Mais uma vez, você se culpa pela sua dureza. Mais uma vez, implorei que deixasse minhas correntes.

Hester, Hester, você não estaria feliz por mim. Mas alguns homens que têm a virtude de serem frágeis nos dão o desejo de ser escravizadas.

12.

Eles estavam lá, trio invisível entre a multidão de escravizados, marinheiros e espectadores que vieram me recepcionar. Os espíritos têm essa peculiaridade de não envelhecer e mantêm a forma de sua juventude. Man Yaya, alta negra nagô de dentes cintilantes. Abena, minha mãe, a princesa axanti, tez de azeviche, têmporas riscadas das cicatrizes dos rituais. Yao, Mapou de pés largos e poderosos.

Renuncio a descrever os sentimentos que me tomaram quando eles me abraçavam.

Fora isso, minha ilha não me celebrava! Chovia, e os telhados molhados de Bridgetown se aglomeravam em torno da enorme silhueta de uma catedral. Nas ruas, corria uma água barrenta na qual pisoteavam animais e pessoas. Sem dúvida um navio negreiro acabara de lançar âncora, pois, debaixo do toldo de palha de um mercado, ingleses, homens e mulheres, examinavam os dentes, a língua e o sexo dos boçais,[8] que tremiam de humilhação.

---

8. Negros recém-desembarcados e não batizados.

Que cidade feia, a minha! Pequena. Mesquinha. Um posto colonial sem envergadura, com todo o fedor do lucro e do sofrimento.

Subi pela rua Broad e, quase sem querer, dei na frente da casa onde morava minha inimiga Susanna Endicott. No entanto, em vez de me alegrar com as palavras de Man Yaya, que sussurrou em meu ouvido o modo como a megera tinha rendido sua alma depois de passar semanas marinando no suco quente de seu mijo, uma emoção inesperada me tomou.

O que eu não teria dado para reviver os anos em que dormi, noite após noite, nos braços do meu John Indien, a mão sobre o objeto de prazer! O que eu não teria dado para vê-lo se encaixar sob a porta baixa e me cumprimentar, irônico e terno, como ele sempre fazia:

— Ah! Minha mulher quebrada! Você está aqui! Rolou pela vida como uma pedra sem limo e voltou de mãos vazias!

Tentei conter as lágrimas, mas elas não escaparam de Abena, minha mãe, que suspirou:

— Bom! Ela está chorando pela saudação.

Depois dessa nota discordante, os três espíritos se envolveram, formando uma nuvem translúcida que subiu para além das casas. Man Yaya me explicou:

— Estão nos chamando em outro lugar. Voltaremos à noite.

Abena, minha mãe, completou:

— Não se deixe levar por aí! Vá para casa!

Casa. Havia uma ironia cruel naquelas palavras.

Fora um punhado de defuntos, ninguém mais me esperava em Pile e eu não sabia nem mesmo se a cabana na qual passei dez anos estava ainda em pé. Senão, seria preciso que eu me transformasse novamente em carpinteira e edificasse um abrigo em algum lugar. A perspectiva era tão pouco animadora que fui tentada a encontrar esse David da Costa, para quem Benjamin Cohen d'Azevedo tinha enviado uma carta. Onde ele morava?

Eu estava hesitante sobre o que fazer quando vi um grupo avançar na minha direção pisoteando a lama e tentando se abrigar sob folhas de bananeira. Reconheci Deodatus acompanhado de duas mulheres e exclamei alegremente:

— Então onde você estava? Procurei você por todos os lugares.

Ele tinha um sorriso misterioso:

— Eu fui avisar alguns amigos da sua chegada. Eu sabia que eles ficariam felizes em saber.

Uma das jovens se inclinou então diante de mim:

— Nos dê a honra, mãe, de sua presença!

Mãe? O modo como ela me chamou me fez pular e ferver de raiva, pois isso estava reservado às mulheres mais velhas, àquelas que ouvíamos tratar com respeito. Eu mal tinha feito trinta anos e, um mês antes, o sêmen quente de um homem inundava as minhas coxas. Escondendo meu descontentamento, peguei o braço de Deodatus e perguntei:

— E onde moram os seus amigos?

— Perto de Belle Plaine.

Eu quis reclamar:

— Belle Plaine! Mas é do outro lado do país!

No entanto, eu me recompus. Não tinha acabado de compreender que ninguém estava esperando por mim e que eu não tinha um teto? Então, por que não Belle Plaine?

Deixamos a cidade. De repente, como muitas vezes acontece em nosso país, a chuva parou e o sol brilhou novamente, acariciando os contornos das colinas com seu pincel luminoso. A cana estava em flor, véu lilás sobre os campos. As folhas envernizadas dos inhames subiam pelas estacas. E um sentimento de felicidade veio contradizer aquele que tinha me invadido no momento anterior. Ninguém esperava por mim, eu acreditava? Mesmo quando todo o país se ofereceu ao meu amor? Não era para mim que as pombas arrulhavam? Para mim, o mamão, a laranjeira, a romãzeira estavam carregados de frutas? Confortada, me virei para Deodatus, que estava ao meu lado respeitando meu silêncio:

— Mas quem são os seus amigos? Em qual plantação eles vivem?

Ele deu um pequeno riso, ao qual as duas mulheres ecoaram, e respondeu:

— Eles não trabalham em plantação nenhuma!

Fiquei um instante sem compreender, então disse num tom incrédulo:

— Eles não trabalham em uma plantação? Então eles são... maroons?

Deodatus inclinou a cabeça.

Maroons?

Há dez anos, quando eu deixei Barbados, os maroons eram raros. Só se falava de um Ti-Noël e sua família que pertencia a Farley Hill. Ninguém nunca o tinha visto. Ninguém jamais o viu. Pelo tempo que vivia na imaginação das pessoas, ele devia ser um velho. No entanto, a ele foi dada a juventude e a ousadia e as pessoas repetiam seus grandes feitos: "O rifle do branco não pode matar Ti-Noël. Seu cachorro não pode mordê-lo. Seu fogo não pode queimá-lo. Pai Ti-Noël, abra os caminhos!"

Deodatus me explicou:

— Meus amigos tomaram os morros quando os franceses atacaram a 111ª, há alguns anos. Então, os ingleses quiseram juntar a força dos escravos em sua defesa. Mas eles disseram: "O quê?! Morrer por querelas entre brancos!", e deram no pé. Eles se refugiaram em Chalky Mountain e os ingleses não conseguiram tirá-los de lá.

De novo, as mulheres riram em eco.

Eu não sabia o que pensar. Apesar de tudo o que eu havia passado, desse desejo de vingança nunca satisfeito, eu não tinha coragem de me misturar às histórias dos maroons e arriscar minha pele. Ilógico, descobri que queria acima de tudo viver em paz na minha ilha. Então o resto da jornada eu fiz em silêncio. Quando o sol estava quase no meio do céu, as mulheres fizeram sinal para que parássemos e tiraram das sacolas de palha frutas e carne-seca. Compartilhamos desta refeição simples à qual Deodatus, de sua parte, adicionou rum. Então, pegamos a estrada novamente. O caminho era cada vez mais acidentado e a vegetação, desordenada e luxuriante, como se ela também estivesse decidida a proteger os fora da lei. Em um ponto, as mulheres disseram em voz alta:

— Agô!

O mato se agitou e três homens apareceram, armados com rifles. Eles nos cumprimentaram calorosamente, mas taparam nossos olhos e, mergulhados na escuridão, entramos no acampamento dos maroons.

Os maroons me escutavam sentados em círculo. Não eram muitos, porém mais de quinze, contando as mulheres e as crianças. Revivi meus sofrimentos, meu testemunho diante do Tribunal, as acusações sem fundamento, as confissões de conveniência, a traição daqueles que nunca imaginei. Quando me calei, eles se puseram a falar todos de uma vez:

— Esse Satanás, quantas vezes você o encontrou?

— Ele é mais forte que o mais forte dos quimboiseurs*?

— Se ele te fez escrever no tal livro, então você sabe escrever?

Christopher, o chefe deles, um homem de uns quarenta anos, calmo como esses rios que correm inexoravelmente em direção ao mar, os interrompeu com um gesto e disse num tom de desculpas:

— Perdoe eles, são guerreiros, não grangreks,[9] e não compreendem que a acusaram injustamente. Pois você era inocente, não é?

Mexi a cabeça em afirmação. Ele insistiu:

— Você não tem nenhum poder?

Eu não sabia a qual sentimento cedia mais. Vaidade? Desejo de despertar um interesse mais vivo nos olhos desse homem? Sede de sinceridade? Era sempre para ele que tentava explicar:

---

* O quimboiseur desempenha funções místicas e curadoras na religião quimbois. Domina segredos do mundo visível e do invisível; conhece a sabedoria das plantas e é guardião de tradições. Segundo o *Dictionnnaire Kikongo-Français, 1936-1964*, de K. E. Laman, "quimboiseur" tem origem no quicongo *Ki-mbonzi*, nome de um clã e de uma aldeia. Agradecemos Nei Lopes a gentileza com que compartilhou conosco informações sobre o termo. [*N. da E.*]
9. Sábios.

— Eu tenho alguns poderes dados pela mulher que me criou, uma nagô. Mas eles só servem para fazer o bem...

Os maroons me interromperam em coro:

— Fazer o bem? Mesmo aos seus inimigos...?

Eu não soube o que responder. Felizmente, Christopher deu o sinal de descanso, ao se levantar bocejando:

— Amanhã é outro dia.

Eles me deram uma cabana, não muito longe da que ele ocupava com suas duas companheiras, porque ele restabelecera em benefício próprio o costume africano da poligamia, e me parecia que eu nunca tinha conhecido um colchão mais macio do que aquele, no chão de terra sob aquele telhado de palha. Ah, sim! A vida me fez viajar! De Salem a Ipswich! De Barbados para a América e de volta! Mas agora eu descansaria e poderia dizer: "Você não vai mais me maltratar."

A chuva que tinha parado voltou a cair, e eu a ouvia bater, exasperada como uma visita que a gente deixa esperando na porta.

Eu ia afundar na inconsciência quando ouvi um barulho no vestíbulo da minha cabana. Pensei que provavelmente eram os meus invisíveis que vinham brigar comigo por tê-los deixado, quando Christopher entrou, levantando uma vela acima de sua cabeça. Eu me sentei:

— Mas quê? As suas duas mulheres não são suficientes?

Ele ergueu os olhos ao céu, o que me mortificou, e replicou:

— Escute, não tenho interesse por essa ninharia.

Eu perguntei oferecida, apesar de tudo, porque todo o meu azar não tinha diminuído esse profundo instinto que fazia de mim uma mulher:

— E pelo que você tem?

Ele sentou num banco e colocou a vela no chão, o que libertou mil sombras dançantes:

— Eu quero saber se posso contar com você!

Fiquei um tempo com a boca entreaberta antes de exclamar:

— E para quê, Deus meu?

Ele se inclinou sobre mim:

— Você se lembra da canção de Ti-Noël?

Ti-Noël? Desisti de entender. Ele olhou para mim cheio de comiseração como uma criança obtusa e começou a cantar em uma voz surpreendentemente afinada:

— Ô, pai Ti-Noël, o rifle dos brancos não pode te matar. As balas dos brancos não podem te matar; elas deslizam sobre a sua pele. Tituba, eu quero que você me faça invencível!

Era isso então? Eu quase dei uma gargalhada, mas me contive por medo de irritá-lo, e consegui manter a calma para responder:

— Christopher, não sei se eu consigo!

Ele gritou:

— Você é uma bruxa? Sim ou não?

Suspirei:

— Cada um dá a essa palavra um significado diferente. Cada um acredita que pode entender a bruxa do seu jeito, de modo que ela possa satisfazer às suas ambições, aos seus sonhos, aos seus desejos...

Ele me interrompeu:

— Escuta, eu não vou ficar aqui te ouvindo filosofar! Eu te propus um negócio. Você me torna invencível. E em troca...

— Em troca?

Ele se levantou e sua cabeça quase tocou o teto da cabana enquanto sua sombra se estendeu sobre mim como um gênio protetor:

— Em troca, eu te darei tudo o que uma mulher pode sonhar ter.

Eu disse irônica:

— Ou seja...?

Ele não respondeu e virou as costas. Ele tinha recém-saído da peça, quando eu ouvi alguns suspiros, que não tardei a reconhecer. Resolvi ignorar Abena, minha mãe, e me virei para a parede, interpelando Man Yaya:

— Posso ajudá-lo de algum modo...?

Man Yaya tragou seu cachimbo e soltou no ar um anel de fumaça:

— Como poderia? A morte é uma porta que ninguém pode trancar. Cada um deve passar em sua hora, em seu dia. Você bem sabe que nós só podemos mantê-la aberta para que aqueles que amamos possam entrever os que os deixaram.

Eu insisti:

— Não posso nem tentar ajudá-lo? É por uma causa nobre.

Abena, minha mãe, deu uma gargalhada:

— Hipócrita! A causa te interessa? Vamos então!

Fechei os olhos na sombra. A terrível perspicácia da minha mãe me irritou. Além disso, me repreendi. Não tive homens o bastante? Não senti o suficiente essa decepção que acompanha as afeições? Acabei de chegar a Barbados e já me via embarcar em aventuras que não previ. Um bando de maroons que eu não conhecia. Prometi a mim mesma que perguntaria a Deodatus sobre seus amigos e me deixei cair no sono.

Grandes nenúfares brancos me envolviam com suas pétalas de bordados e logo Hester, Metahebel e meu judeu vieram fazer a ronda perto da minha cama, vivos e mortos confundidos nos meus afetos e na minha nostalgia.

Meu judeu parecia sereno, quase feliz, como se lá em Rhode Island ele tivesse ao menos a permissão de honrar seu Deus em voz alta.

A certa altura, a chuva sussurrou suavemente, inundando plantas, árvores, telhados e, em contraste, me lembrei das chuvas geladas e hostis da terra que deixara para trás. Ah, sim, a natureza muda sua língua de acordo com os céus e, curiosamente, sua língua concorda com a dos homens! Na natureza feroz, homens ferozes. Na natureza benevolente e protetora, homens abertos a toda generosidade!

Primeira noite na minha ilha!

O coaxar de rãs e sapos, o canto das mães-da-lua, o cacarejar das galinhas que assustam os mangustos e o zurro seco dos burros presos às cabaceiras, amigas dos espíritos, formavam uma música contínua. Teria desejado que a manhã nunca se levantasse e que a noite caísse na morte. De modo fugidio, me lembrei dos meus dias em Boston, em

Salem, mas eles perdiam a consistência como aqueles que tinham obscurecido com o fel de seu coração: Samuel Parris e os outros.

Primeira noite!

A ilha ressoava com um doce murmúrio:

"Ela voltou. Ela está aqui, a filha de Abena, a filha de Man Yaya. Ela não vai mais nos deixar."

13.

Eu jamais vislumbrei superar Man Yaya nos poderes ocultos. Muito menos vislumbrei poder fazer algo sem sua orientação, pois me considerava sua filha, sua aluna. Ai de mim! Tenho que confessar minha vergonha quando esse jeito de ver as coisas mudou e a aluna meteu na cabeça que podia rivalizar com a mestra. Afinal, eu tinha motivos para me orgulhar. A bordo do *Bless the Lord*, eu tinha comandado os elementos e nada me dizia que eu havia conseguido graças a ajuda externa!

Dali em diante eu me entregava a experimentos meus, examinando a paisagem circundante, armada de uma pequena faca com a qual arrancava as plantas e de uma grande sacola de palha na qual as recolhia. Do mesmo modo, me esforçava para manter um novo diálogo com a água dos rios ou com o sopro do vento, a fim de descobrir seus segredos.

O rio vai ao mar como a vida à morte e nada pode parar seu curso. Por quê?

O vento se eleva. Às vezes, ele acaricia. Às vezes, ele devasta. Por quê?

Eu multiplicava os sacrifícios com frutas frescas, comida, animais vivos que eu punha nas encruzilhadas, nas raízes entretecidas de certas árvores e nas grutas onde os espíritos gostavam de descansar. Como Man Yaya não queria vir me ajudar, eu teria que contar apenas com os recursos da minha inteligência e da minha intuição. Eu tinha que conseguir chegar sozinha a esse conhecimento mais alto. Eu me pus então a perguntar aos escravizados sobre os quimboiseur que viviam nas plantações e, depois, fui perguntar aos homens e às mulheres que me acolheram com a maior das desconfianças. Era preciso saber que os bruxos e as bruxas não compartilham seus conhecimentos. Eles são como aqueles cozinheiros que nunca querem falar sobre as suas receitas.

Um dia, encontrei um quimboiseur, um negro axanti, como minha mãe Abena, que começou a me contar todos os detalhes de sua captura na costa da África, longe de Akwapim, enquanto sua mulher, também axanti, já que os escravizados se casavam preferivelmente entre sua "nação", descascava raízes para o jantar. Depois, ele me disse num tom indefinível:

— Onde você vive?

Gaguejei, pois tinham me recomendado não revelar onde era o acampamento dos maroons:

— Do outro lado dos morros.

O quimboiseur zombou:

— Você não é a Tituba? Aquela que os brancos não conseguiram pendurar numa corda?

Respondi como sempre:

— Você sabe que eu certamente não tinha culpa nenhuma!

— Que pena! Que pena!

Eu o encarei e ele continuou:

— Se eu estivesse no seu lugar, ah!, eu teria enfeitiçado todo mundo: pai, mãe, filhos, vizinhos... Eu os teria jogado um contra o outro e teria me regozijado vendo-os brigar entre si. Não foram nem cem pessoas acusadas, nem vinte executadas. Toda Massachusetts estaria morta e eu teria entrado para a história com o título "O demônio de Salem". Mas você, que nome você carrega?

Suas palavras me mortificaram, pois isso já tinha passado pela minha cabeça. Eu já havia me arrependido de ter apenas, em todo esse caso, interpretado um papel de comparsa, rapidamente esquecida e cujo destino não interessava a ninguém. "Tituba, uma escrava de Barbados que provavelmente praticava *hoodoo*." Algumas linhas em longos tratados dedicados aos eventos de Massachusetts. Por que eu deveria ser ignorada? Essa questão também atravessou meu espírito. É porque ninguém se preocupa com uma negra, com seus sofrimentos e suas tribulações? É isso?

Eu procuro a minha história junto às histórias das Bruxas de Salem e não a encontro.

Em agosto de 1706, Anne Putnam confessa, bem no meio da igreja de Salem, os erros de sua infância, se arrependendo de suas terríveis consequências: "Quero deitar-me ao pó e pedir perdão a todos aqueles a quem causei mal, ofendi e cujos pais foram presos e acusados."

Ela não é a primeira e não será a última a confessar publicamente e, uma a uma, as vítimas são redimidas. De mim, não falam. "Tituba, uma escrava que veio de Barbados e que aparentemente praticava *hoodoo*."

Baixei a cabeça sem responder. Lendo o que se passava dentro de mim, o quimboiseur amoleceu:

— A vida não é sopa,* hein?

Eu me levantei, recusando sua pena:

— Está escurecendo, eu vou para casa.

Um brilho de astúcia apagou a fugaz expressão de simpatia que ele tinha e iluminou seus olhos; ele disse:

— Isso que você tem na cabeça é impossível! Você esquece que está viva?

Eu peguei a estrada para o acampamento dos maroons, virando e revirando essa última frase na minha cabeça. Ela significaria que só a morte traz o conhecimento supremo? Que é um limite intransponível

---

* No original *"La vie n'est pas un bol de toloman"* (A vida não é uma tigela de biri/A vida não é fácil). Toloman (*Canna edulis*), em português, "biri", é um tubérculo similar à araruta. [*N. T.*]

215

enquanto estamos vivos? Que eu deveria me resignar ao meu saber imperfeito?

Quando eu estava prestes a deixar a plantação, um grupo de pessoas escravizadas se aproximou de mim. Pensei que eram doentes, mulheres querendo uma poção, crianças reclamando um emplastro para suas feridas, homens com membros marcados pelos moinhos, pois muito rapidamente minha reputação de uma mulher hábil para extrair o melhor das plantas tinha feito a volta na ilha, e bastava eu aparecer para ficar cercada de pacientes.

Mas era outra coisa.

Os escravizados, com caras graves, soltaram:

— Desconfie, mãe! Os fazendeiros se reuniram aqui ontem à noite. Eles querem a sua pele.

Eu caí das nuvens. De que crime poderiam me acusar? O que eu tinha feito desde a minha chegada, a não ser cuidar daqueles de quem ninguém se preocupa?

Um homem me explicou:

— Eles dizem que você leva mensagens entre os que estão nas plantações, ajudando eles a planejar revoltas, por isso estão tramando uma tocaia.

Preocupada, retomei a estrada do acampamento.

Aqueles que acompanharam minha história até aqui devem estar irritados. O que é essa bruxa que não sabe odiar, que toda vez é confundida pela malícia do coração do homem?

Pela milésima vez, tomei a decisão de ser diferente, de lutar com unhas e dentes. Ah! Mudar meu coração! Revestir suas paredes com um veneno de cobra. Torná-lo o receptáculo para sentimentos violentos e amargos. Amar o mal! Mas, em vez disso, senti em mim apenas ternura e compaixão pelos deserdados, e revolta contra a injustiça!

O sol estava se pondo atrás de Farley Hills. A canção teimosa dos insetos noturnos começava a subir ao céu. A tropa de escravizados esfarrapados subia até as ruas de casas escuras, enquanto os capatazes, apressados para beber seu "gole" e ficar balançando na varanda, montavam em seu cavalo. Eu os vi estalarem o chicote como se estivessem impacientes para usá-los à minha custa. No entanto, nenhum deles ousou se aventurar.

Esperei cair a noite.

Abrigada sob o grosso cinturão de mafumeiras, as mulheres fumegavam fatias de carne, que antes tinham sido temperadas com limão e pimenta, depois de tê-las salpicado com folhas de porangaba. As duas companheiras de Christopher me lançaram um olhar turvo, enquanto se perguntavam o que estava acontecendo entre seu homem e eu. Como sempre, eu sentia pena da juventude delas e jurei que não faria nada que pudesse machucá-las. Naquela noite, porém, não gostei daquele olhar.

Christopher estava em sua cabana e enrolava um cigarro de folhas de tabaco, a planta crescia bem na ilha e fazia a fortuna de certos fazendeiros. Ele disse irritado:

— Por onde você vagabundeou o dia todo? É assim que você espera encontrar o remédio que te pedi?

Eu dei de ombros:

— Fui consultar gente muito mais sábia do que eu. Todos dizem que não há remédio para a morte. Os ricos, os pobres, os escravizados, os senhores, todos devem fazer a passagem. Mas tenho mais a dizer: percebi tardiamente que devo ser outra coisa. Me deixa lutar contra os brancos com você!

Ele deu uma gargalhada, jogando a cabeça para trás, e os ecos se misturaram às voltas da fumaça:

— Lutar? Como? O dever das mulheres, Tituba, não é lutar, fazer guerra, mas, sim, fazer amor!

Durante algumas semanas, tudo foi tomado de doçura.

Apesar das advertências dos escravizados, não me privei de descer às plantações. Eu escolhia ir após o pôr do sol, que é também a hora em que os espíritos tomam posse do espaço. Por mais infelizes que estivessem ao me ver morando em Farley Hills, Man Yaya e Abena, minha mãe, me visitavam todos os dias e me acompanhavam pelas trilhas duras que serpenteavam pelos campos. Eu não dava atenção às suas reclamações:

— O que você está fazendo com esses maroons? São gente má que só sabe roubar e matar!

— São ingratos, é tudo o que são, que deixam a mãe e os irmãos na escravidão, quando retomam a liberdade.

E o que dizer?

Naquele dia eu tive uma grande felicidade! Fiz o parto de uma criança, uma pequena menina que acabara de sair da sombra maternal. Ela ainda hesitava, sem ter franqueado o portão da morte, no sombrio corredor onde se preparam as partidas. Eu a mantive aquecida, coberta de viscosidades e excrementos, e docemente a coloquei junto ao seio de sua mãe. Que expressão fez essa mulher!

Misteriosa maternidade!

Pela primeira vez, me perguntei se meu filho, a quem eu tinha recusado a vida, apesar de tudo, daria à minha existência sabor e significado!

Hester, será que nos enganamos e você deveria ter vivido pela sua filha em vez de morrer com ela?

Christopher tinha adquirido o hábito de passar a noite na minha cabana. Não sei bem como começou essa nova aventura. Um olhar mais intenso. O fogo do desejo. A vontade de provar que eu ainda não estava derrotada, deformada, como uma montaria que carregou peso demais? Há que se dizer? Essa troca só envolvia os meus sentidos. Todo o resto do meu ser ainda pertencia a John Indien, em quem, por um paradoxo surpreendente, eu pensava mais a cada dia.

Meu homem negro cheio de vento e de imprudência, como Man Yaya já o havia denominado. Meu negro tratante e sem coragem.

Quando Christopher se lançou sobre o meu corpo, meu espírito vagabundeou e eu revivi a alegria das minhas noites na América. O inverno e o frio prensados na noite. Escutem seus longos gemidos! E o galope das suas patas sobre o chão endurecido pelo gelo.

Meu homem negro e eu, nós não ouvíamos nada, pois sufocávamos no amor. Samuel Parris, vestido de preto dos pés à cabeça, recita suas preces. Escutem a dura litania que sai de sua boca:

"São mais numerosos do que os cabelos da minha cabeça
Aqueles que odeiam sem causa.
São poderosos aqueles que querem me corromper..."

Meu homem negro e eu, nós não ouvíamos nada, pois perecíamos no amor.

Pouco a pouco, Christopher, que havia me possuído em silêncio, começou a se abrir:

— Na verdade, não somos tantos nem estamos tão armados para atacar os brancos. Uma meia dúzia de rifles e porretes de madeira de pau-santo, e é isso que temos. Além disso, vivemos com um medo contínuo de um ataque. Essa é que é a verdade!

Um pouco decepcionada, perguntei:

— É por isso que você quer que eu te torne invencível?

Ele ficou um pouco sensível pelo tom zombeteiro da minha voz e se virou para a parede:

— Pouco importa se você consegue ou não! De qualquer jeito, eu serei imortal. Eu já ouço as canções dos negros nas plantações...

E ele entoou, com sua voz agradável, um canto de sua composição onde ele se gabava de sua própria grandeza. Eu toquei seu ombro:

— E eu, tem algum canto para mim? Um canto para Tituba?

Com a mão na orelha, ele fingiu prestar atenção na noite e depois disse:

— Não, não tem!

E logo se pôs a roncar. Tentei fazer o mesmo.

Quando eu não estava cuidando das pessoas escravizadas das planta-ções, me misturava às mulheres dos maroons. Primeiro, elas me trata-ram com o maior respeito. Depois, quando souberam que Christopher compartilhava a cama comigo e que, no fim das contas, eu não era nem um pouco diferente delas, manifestaram hostilidade. Agora essa hostilidade também se dissipara, dando lugar à expressão de uma solidariedade mal-humorada. Além disso, elas precisavam de mim. Fosse para encher de leite o vazio de seus seios. Fosse para curar a dor que não as deixava desde o último parto. Eu as ouvia falar e se divertir, e encontrava distração e prazer em suas conversas:

— Há muito, muito tempo, quando o diabo era um menino de calção de linho branco engomado, a terra era povoada apenas por mulheres. Elas trabalhavam juntas, dormiam juntas, tomavam banho juntas na água dos rios. Um dia, uma delas reuniu todas as outras e disse: "Minhas irmãs, quando nós desaparecermos, quem tomará nosso lugar? Nós não criamos uma só pessoa à nossa imagem!" Umas deram de ombros: "Por que precisamos que tomem nosso lugar?" Outras achavam que era mesmo necessário: "Porque, sem nós, quem vai cultivar a terra? Ela ficará abandonada se não carregar frutos!" Então, todas se olharam, tentando encontrar um meio para se reproduzirem. E foi assim que inventaram o homem!

Eu ri com elas.

— Por que então os homens são como são?

— Minha querida, se ao menos a gente soubesse!

Às vezes, elas entrecruzavam adivinhações:

— O que cura a escuridão da noite?

— A vela!

— O que cura o calor do dia?

— A água do rio.

— O que cura o amargo da vida?

— A criança!

E tinham pena de mim, que nunca tinha engravidado. E costuravam pergunta atrás de pergunta para me fazer:

— Quando os juízes de Salem te mandaram para a prisão, você não podia mudar de forma, se transformar em rato, por exemplo, e sumir por entre as frestas do assoalho? Ou num touro furioso e sair dando chifrada em todos?

Mais uma vez, precisei explicar que elas haviam sido enganadas a meu respeito, tinham exagerado sobre os meus poderes. Uma noite, a discussão foi mais longe e eu tive que me defender:

— Se eu pudesse fazer tudo, eu não as libertaria? Não apagaria essas rachaduras do rosto de vocês? Não trocaria o vazio de suas gengivas por dentes redondos e brilhantes como pérolas?

Os rostos continuaram céticos e, desencorajada, dei de ombros:

— Acreditem, eu não sou grande coisa!

Essas palavras foram comentadas? Deformadas? Mal interpretadas?

E mesmo assim, Christopher começou a se mudar para onde eu estava. Ele entrava na minha cabana na escuridão da meia-noite e me tomava sem nem tirar a roupa, o que me fez recordar a queixa de Elizabeth Parris: "Minha pobre Tituba, ele me toma sem nem se despir ou me olhar!"

Quando eu tentava perguntar sobre como tinha sido seu dia, ele me respondia com monossílabos exasperados.

— Disseram que você está preparando uma revolta geral com os de Saint James.

— Mulher, cala a boca!

— Disseram que você encontrou por acaso um lote de rifles quando atacava um depósito de munições em Wildey.

— Mulher, você não consegue dar descanso aos meus ouvidos?

Uma noite ele soltou:

— Você nada mais é que uma negra muito ordinária e quer que te tratem como se fosse preciosa?

Entendi que eu precisava ir, minha presença não era mais desejada.

No dia seguinte, chamei Man Yaya, Abena, minha mãe, que por alguns dias não apareceram, como se elas se recusassem a assistir à minha queda. Eu tive que implorar para que viessem, e quando chegaram perto de mim, enchendo a cabana com seu perfume de goiaba e jambo, elas me encararam com os olhos cheios de repreensão.

— Seu cabelo já está ficando branco, mesmo assim não consegue abrir mão dos homens?

Não respondi. Depois de um tempo, decidi encará-las:

— Vou voltar para nossa casa!

Coisa estranha, assim que souberam da minha partida, as mulheres se reuniram, tinham um ar de tristeza. Elas me deram uma galinha bem-criada, algumas frutas, um madras quadriculado em preto e marrom. Elas me acompanharam até a sebe de dragoeiros, enquanto Christopher, que fingia estar consultando seus homens em sua cabana, nem se deu ao trabalho de aparecer na soleira da porta.

Encontrei minha cabana tal como a deixei. Só um pouco mais torta. Só um pouco mais carcomida sob o teto, que parecia um penteado mal-feito. Uma poinsétia sangrava de uma janela. As mães-da-lua que tinham feito ninho entre duas tábuas cavadas por cupins voaram para longe com gritos melancólicos. Eu abri a porta com dois golpes. Roedores surpresos fugiram.

Os escravizados, misteriosamente advertidos sobre o meu retorno, me fizeram festa. A plantação tinha mais uma vez mudado de dono. Primeiro, ela pertencia a um ausente que se limitava a mandar de volta a seu país de origem os ganhos que nunca achava suficientes. Agora, acabara de ser comprada por um certo Errin, que mandara vir da Inglaterra ferramentas sofisticadas e queria com isso fazer fortuna sem demora.

Os escravizados me trouxeram uma novilha que, apesar do medo, haviam roubado do rebanho de seu senhor e tinham marcado na testa, como sinal de predestinação, um triângulo de pelos escuros.

Eu a sacrifiquei pouco antes do amanhecer e deixei seu sangue encharcar a terra, quase tão escarlate quanto ele. Depois disso, me pus logo a trabalhar. Fiz um jardim com todas as plantas de que eu precisava para exercitar a minha arte, não temendo descer às profundezas mais selvagens e remotas para buscá-las. Ao mesmo tempo, fiz uma horta que os escravizados, uma vez terminado o trabalho do dia, vinham me ajudar a cavar, a limpar e a manter. Eles conseguiram me trazer sementes de quiabo e de tomates, e uma muda de limoeiro. Eles se viraram em muitos para encontrar inhames e logo vi trepadeiras vorazes entrelaçando estacas. Quando consegui algumas galinhas e um galo desajeitado e briguento, não me faltava mais nada.

O uso do meu tempo era simples. Eu me levantava ao amanhecer, rezava, descia para tomar banho no rio Ormonde, comia rápido e me dedicava aos meus estudos e aos meus cuidados. Naquela época, a cólera e a varíola atacavam regularmente as plantações e tombavam negros e negras. Descobri como curar essas moléstias. Também descobri como tratar a bouba e cicatrizar todas as feridas que os nossos fazem dia após dia. Consegui fechar carnes desfiguradas e arroxeadas. Recolar pedaços de osso e grudar os membros. Tudo isso, é claro, com a ajuda dos meus invisíveis, que nunca me abandonaram. Parei de perseguir quimeras: tornar os homens invencíveis e imortais. Eu aceitava a limitação da espécie.

Talvez se surpreendam que, nesses tempos, quando o chicote batia alto e forte em nossos ombros, eu conseguisse aproveitar essa liberdade, essa paz. É porque o nosso país tem duas faces. Uma delas é percorrida pelas carruagens dos senhores e pelos cavalos de seus policiais, armados com mosquetes e seguidos por cães aos latidos furiosos. A outra é misteriosa e secreta, feita de senhas, de conselhos sussurrados e da conspiração do silêncio. Era certamente essa última face que eu vivia, protegida pela cumplicidade de todos. Man Yaya fez crescer em volta da minha cabana uma vegetação espessa e eu estava lá como em um castelo fortificado. O olho desavisado discernia apenas um monte de goiabeiras, samambaias, arbustos e mafumeiras, algumas flores lilases do hibisco aparecendo aqui e ali.

Um dia, descobri uma orquídea na raiz macia de uma samambaia. Eu a batizei de "Hester".

14.

Fazia algumas semanas que eu tinha voltado para casa, dividindo meu tempo entre meus estudos sobre as plantas e o cuidado com os escravizados, quando me dei conta de que estava grávida. Grávida!

Minha primeira reação foi de incredulidade. Não era eu uma mulher velha com tetas flácidas e achatadas que caíam ao longo das minhas costelas e da minha barriga? Tive que encarar os fatos. O que o amor do meu judeu não soube fazer, o abraço brutal de Christopher fez eclodir. É preciso se resignar: uma criança não é fruto do amor, mas do azar.

Quando eu contei a Man Yaya e Abena, minha mãe, sobre o meu estado, elas foram evasivas e se limitaram a alguns comentários:

— Bom, dessa vez você não poderá desfazer nada disso.

— A natureza chama.

Atribuí essa reserva de ambas à antipatia que sentiram por Christopher e me preocupei mais comigo mesma. Passados os primeiros momentos de incerteza e dúvida, me deixei levar, submersa por uma grande onda de felicidade. De embriaguez. Todos os meus atos de agora em diante seriam determinados por essa vida que eu carregava dentro de mim. Eu me alimentava de frutas frescas, leite de uma cabra branca, ovos postos por galinhas que comiam grãos de milho. Lavava meus olhos em preparações de flor de cocleária para garantir uma boa visão ao pequeno ser. Lavava o cabelo com sementes de mamona amassada, para que o seu ficasse preto e brilhante. Tirava longos e pesados cochilos à sombra das mangueiras. Ao mesmo tempo, minha criança me fazia lutar. Era uma menina, eu tinha certeza! Que futuro ela conheceria? O dos meus irmãos e irmãs escravizados, arrasados por sua condição e seu trabalho? Ou um futuro semelhante ao meu, pária, forçada a se esconder e a viver reclusa à beira de um mar profundo?

Não, se o mundo ia receber a minha criança, era preciso que ele mudasse!

Por um momento, fiquei tentada a voltar para perto de Christopher, em Farley Hills, não para informá-lo da minha condição, para a qual ele não teria cura, mas para tentar conduzi-lo a alguma ação. Eu sabia que, como nossa pequena ilha, Barbados, era exígua, isso desencorajava muitos fazendeiros, que iam buscar terras maiores e mais condizentes com suas ambições. Eles correram principalmente para a Jamaica, que os exércitos ingleses tinham acabado de conquistar dos espanhóis. Quem sabe se, ao inspirá-los com um terror saudável, eles não precipitariam sua partida e os levariam em massa ao mar? Muito rapidamente, porém, mais do que a lembrança de seu comportamento infeliz comigo, a admissão de sua fraqueza me impediu. Decidi contar apenas comigo mesma. Mas como?

Redobrei as rezas e os sacrifícios, na esperança de que os invisíveis me mandassem um sinal. Nada. Tentei perguntar a Man Yaya e Abena, minha mãe. Tentei culpá-las por não me oferecerem segurança e assim fazê-las confessar aquilo que me escondiam. Em vão.

As duas velhas se livravam sempre me enrolando:

— Aquele que quer saber por que o mar é tão azul acaba por morrer no fundo das ondas.

— O sol queima as asas do fanfarrão que deseja se aproximar dele.

Eu estava lá quando os escravizados me trouxeram um menino que o chicote do capataz deixou para morrer. Ele tinha recebido duzentas e cinquenta chicotadas nas pernas, nádegas e costas, e seu corpo já estava enfraquecido, pois tinha passado um tempo na prisão — por ser um insolente, um reincidente, um negro cabeça-dura que não conseguiram fazer melhorar. Disseram que ele não resistiria. Os escravizados então o levaram para a vala cavada num campo de erva-de-guiné, quando se deram conta de que ele ainda gemia. Então decidiram trazê-lo a mim.

Eu fiz com que estendessem Iphigene (esse era seu nome) sobre um colchão de palha num ângulo do meu quarto em que nenhum de seus suspiros pudessem me escapar. Preparei unguentos e emplastros para suas feridas. Coloquei, sobre as infectadas, o fígado de um animal recém-carneado, para que puxasse o pus e o sangue ruim que as feridas tinham. Troquei sem parar as compressas de sua testa e fui até o mangue de Codrington para pegar baba de sapo-boi que, por gostarem daquela terra graxenta e marrom, não se reproduzem em outro lugar.

Em vinte e quatro horas de cuidados tenazes, fui recompensada. Iphigene abriu os olhos. No terceiro dia, ele falou:

— Mãe, mãe, você voltou! Eu achei que você tinha ido embora para sempre.

Peguei sua mão ainda febril, já deformada e calosa:

— Eu não sou sua mãe, Iphigene. Mas eu vou adorar que você me conte sobre ela.

Iphigene arregala os olhos para melhor me enxergar, percebe seu erro e tudo nele dói. Ele se deita novamente sobre o colchão:

— Eu vi minha mãe morrer quando eu tinha três anos. Era uma das mulheres de Ti-Noël, pois ele tinha muitas mulheres espalhadas pelas plantações às quais confiava sua semente. Sua semente de macho. Foi dessa semente que eu saí. Minha mãe me criou com devoção. Pobre mulher! Ela tinha o azar de ser bela! Um dia, quando voltava do moinho, apesar de seu suor e de seus trapos, o senhor Edward Dashby ordenou que o capataz a trouxesse até ele ao cair da noite. Não sei o que aconteceu quando ela ficou diante dele; em todo caso, no dia seguinte, juntaram os escravizados em círculo na plantação e a chicotearam até a morte.

Como aquela história parecia com a minha! Então, o afeto que logo senti por Iphigene me preencheu, encontrando uma base legítima. Depois contei a ele sobre a minha vida, da qual ele já sabia alguns pedaços, pois eu era quase uma lenda entre os escravizados. Quando cheguei à parte do incêndio da casa de Benjamin Cohen d'Azevedo, ele me interrompeu, franzindo a testa:

— Mas por quê? Ele não era branco como os outros?

— Sem dúvida!

— Eles têm mesmo tanta vontade de fazer o mal que fazem uns aos outros?

Tentei explicar o que eu tinha aprendido com Benjamin e Metahebel, a respeito de sua religião e as diferenças com os gentios. Mas, como eu, Iphigene não entendeu grande coisa.

Pouco a pouco, Iphigene conseguiu se sentar sobre a cama, depois se erguer. Logo, pôde dar alguns passos fora da casa. Seu primeiro cuidado foi consertar a porta de entrada, que fechava mal, e fez um ar de deboche:

— Mãe, você precisava mesmo de um homem por perto.

Eu me segurei para não rir, pois ele parecia acreditar mesmo no que dizia. Que belo jovem negro era Iphigene! A cabeça oval perfeita sob os cabelos encaracolados, parecendo grãos de pimenta. As bochechas altas. A boca violácea e carnuda, como se estivesse pronta para beijar o mundo se ele quisesse, em vez de sempre repeli-lo, desgostoso! As cicatrizes dos golpes que atravessavam seu peito e seu torso eram para mim uma constante lembrança da crueldade. Então, a cada vez que eu o esfregava com o bálsamo de mamona, meu coração se enchia de furor e de revolta. Uma manhã, não pude mais segurar:

— Iphigene, você certamente notou que eu estou grávida, certo?

Ele baixou os olhos pudicamente:

— Não ousei dizer nada.

— Escute, eu sonho que minha filha abra seus olhos sob um outro sol.

Ele fica em silêncio por um momento, como se tivesse compreendido todo o peso das minhas palavras. Então, correu para mim e se agachou aos meus pés, numa postura de muita afeição:

— Mãe, eu sei, de plantação a plantação, o nome de todos aqueles que nos seguiriam. Só precisamos dizer uma palavra.

— Não temos armas!

— O fogo, mãe, o fogo glorioso! O fogo que devora e inflama!

— O que faremos depois que tivermos os colocado ao mar? Quem governará?

— Mãe, os brancos estragaram você mesmo: você pensa demais. Primeiro, vamos expulsá-los.

À tarde, quando voltava do meu banho diário no rio Ormonde, encontrei Iphigene numa grande conversa com dois jovens da sua idade, dois boçais, que eu achei que fossem nagôs. Mas eu não reconhecia a sonoridade da língua de Man Yaya, e Iphigene me disse que eram mondongo, vindos de uma região montanhosa e acostumados a todas as armadilhas da floresta.

— São verdadeiros chefes de guerra. Prontos para vencer ou morrer.

Devo confessar que, uma vez que a ideia de revolta geral foi emitida e aceita de comum acordo, Iphigene não me consultou sobre nada. Deixei que ele fizesse tudo, habitada pela deliciosa preguiça da gravidez, acariciando minha barriga que se arredondava em volta da minha mão e cantando músicas para minha criança. Era uma cantiga que Abena, minha mãe, amava e que me voltou à memória:

"Lá em cima no mato,
Tem uma choupana!
Ninguém sabe quem está dentro
Ninguém sabe quem lá mora.
É só um zumbi *calenda*
que porcos gordos adora..."

Logo vi Iphigene estocar tochas feitas de madeira de goiabeira com estopas na ponta. Ele me explicou:

— Cada um de nós, homens, terá uma na mão e acenderemos todas num mesmo movimento, na mesma hora, e todos nós iremos em direção às Casas-Grandes! Ah, que belo fogo de alegria!

Eu baixei a cabeça e disse num tom triste:

— As crianças também morrerão? As crianças de peito? De dente de leite? E as meninas?

Ele dá um salto, tamanha sua raiva:

— Você mesma me contou. Eles tiveram pena de Dorcas Good? Eles tiveram pena dos filhos de Benjamin Cohen d'Azevedo?

Baixei ainda mais a cabeça e murmurei:

— E nós precisamos ser como eles?

Ele se afastou a passos largos e não me respondeu.

Chamei Man Yaya, que se sentou de pernas cruzadas nos galhos de uma cabaceira e eu disse com paixão:

— Você sabe o que nós vamos fazer. Só que, na hora de agir, lembro sempre daquilo que você me dizia quando eu queria me vingar de Susanna Endicott: "Não enfraqueça o seu coração. Não se torne igual a eles." A liberdade tem esse preço?

Mas, em vez de me responder com a seriedade que eu esperava, Man Yaya se pôs a saltar de galho em galho. Quando conseguiu chegar ao topo da árvore, ela soltou:

— Você fala de liberdade. Você sabe o que é liberdade?

E então ela desapareceu antes que eu tivesse tempo de fazer outras perguntas. Imaginei seu humor. Devia ela encontrar defeitos em todo homem que vivesse ao meu lado? Mesmo que fosse apenas uma criança? Por que ela quer que eu viva minha vida sozinha? Resolvi aceitar meus próprios conselhos e deixar Iphigene livre para agir. Uma noite ele veio se sentar junto a mim:

— Mãe, você precisa voltar ao campo dos maroons. Você tem que ver o Christopher!

Eu me neguei:

— Jamais. Isso jamais!

Ele insistiu, respeitoso e teimoso ao mesmo tempo:

— É preciso, mãe! Você não sabe quem são de verdade os maroons. Eles estão entre os senhores e nós, em um pacto tácito. Se eles querem que os senhores os deixem aproveitar sua precária liberdade, devem denunciar todo e qualquer preparativo, toda e qualquer tentativa de revolta que eles vejam na ilha. Então, eles espalham espiões. Só você pode desarmar Christopher.

Ergui os ombros:

— Você acha?

Ele perguntou com embaraço:

— Não é o filho dele que você carrega?

Não respondi nada.

No entanto, me dei conta da gravidade de suas observações e tomei o caminho de Farley Hills.

— Ele prometeu que não iria intervir?

— Prometeu.

— Ele pareceu sincero?

— Até onde vi, sim. Depois de tudo, não o conheço mais tão bem.

— Você carrega o filho desse homem e diz que não o conhece?

Humilhada, não disse palavra. Iphigene se levantou:

— Nós decidimos atacar daqui a quatro noites!

Protestei.

— Quatro noites! Por que essa pressa? Me deixa ao menos perguntar ao invisível para saber se o momento é favorável!

Ele tinha um riso que logo seus companheiros retomariam em coro e lançou:

— Até agora, mãe, o invisível não te tratou bem. Caso tivesse, você não estaria onde está. Será uma noite favorável, porque a lua estará em seu primeiro quarto e não se mostrará antes da meia-noite. Nossos homens terão as trevas para eles. Ao mesmo tempo, eles soarão o *abeng* e, com tochas acesas nas mãos, caminharão em direção às Casas-Grandes.

Naquela noite, tive um sonho.

Parecendo três grandes aves de rapina, homens entraram no meu quarto. Usavam capuzes pretos que cobriam o rosto por completo; ainda assim, eu sabia que um deles era Samuel Parris, o outro era John Indien e o terceiro era Christopher. Eles se aproximaram de mim segurando um sólido bastão com a ponta bem talhada, e eu berrei:

— Não, não! Eu já não vivi tudo isso?

Sem dar atenção aos meus gritos, eles ergueram as minhas saias e a dor abominável me invadiu. Berrei mais forte:

Nesse momento, uma mão pousa sobre a minha testa. Era a de Iphigene. Voltei a mim e me recompus, ainda apavorada, acreditando estar sofrendo. Ele perguntou:

— O que foi? Não sabe que eu estou bem aqui perto de ti?

A força do meu sonho foi tal que fiquei um bom tempo sem falar, revivendo aquela terrível noite que antecedeu minha prisão. Então supliquei:

— Iphigene, me dê tempo para rezar, para fazer um sacrifício e tentar reunir forças...

Ele me interrompeu:

— Tituba (era a primeira vez que ele me chamava assim, como se eu não fosse mais sua mãe, e sim uma criança inocente e sem razão)... eu respeito os seus talentos de cura. Não foi graças a você que eu estou vivo, respirando o odor do sol? Mas me dê a graça de fazer o restante. O futuro pertence àqueles que sabem moldá-lo e, acredite em mim, não é possível fazê-lo por meio de encantamentos e sacrifícios de animais. Isso se consegue com atos.

Não encontrei resposta.

Resolvi não discutir mais e tomar as precauções que eu julgava necessárias. Porém, o que estava para acontecer era tão grande que eu não poderia ficar sem um conselho. Fui até a beira do rio Ormonde e chamei Man Yaya, Abena, minha mãe, e Yao. Eles apareceram, e a expressão despreocupada e feliz em seu rosto, que eu tomei como um excelente presságio, me confortou. Eu disse a eles:

— Sabem o que vai acontecer, o que me aconselham fazer?

Yao, que tanto na morte quanto na vida era taciturno, falou primeiro:

— Isso me lembra de uma revolta de minha infância. Foi organizada por Ti-Noël, que ainda não havia tomado as montanhas e estava suando seu suor negro na plantação de Belle Plaine. Ele tinha seus homens enfiados em todos os lugares e, com um sinal combinado, eles tinham que queimar as Casas-Grandes até que virassem cinzas.

Alguma coisa em sua voz me indicava que eu ficasse atenta, e eu disse secamente:

— Bom, e como tudo isso terminou?

Ele se pôs a enrolar um cigarro de folhas de tabaco, como se procurasse ganhar tempo, depois me olhou bem na cara:

— Com sangue, como termina sempre. O tempo da nossa libertação não chegou.

Perguntei com um grito rouco:

— E quando vai chegar? Quanto sangue ainda, e por quê?

Os três espíritos permaneceram em silêncio como se mais uma vez eu quisesse violar as regras e mergulhá-los em desconforto. Yao retomou:

— Será necessário que nossa memória seja inundada de sangue. Que nossas lembranças boiem na sua superfície como nenúfares.

Eu insisti:

— Seja claro, quanto tempo?

Man Yaya sacode a cabeça:

— A aflição do negro não tem fim.

Eu estava acostumada às suas palavras fatalistas e dei de ombros com irritação. Para que discutir?

"Senhor do Tempo,
Da noite e das Águas,
Você que faz a criança se mexer no ventre da mãe
Você que faz a cana crescer
E a enche de um sumo pegajoso
Senhor do tempo,
Do Sol e das Estrelas..."

Eu nunca tinha rezado com tanta paixão. Ao meu redor, a noite era escura, fervendo com o odor do sangue das oferendas amontoadas aos meus pés.

"Senhor do Presente,
Do Passado e do Futuro,
Você, sem o qual a terra nada dá
Nem ajiru, nem jujube,
Nem maracujá-doce, nem cajá-manga
Nem feijão-guandu..."
Eu caí em orações.

Um pouco antes da meia-noite, uma lua fraca se aconchegou sobre uma almofada de nuvens.

15.

É necessário que eu termine a minha história? Aqueles que a seguiram até aqui não adivinhariam o fim?

Previsível, facilmente previsível?

E, então, ao contá-la, será que não revivo um a um os sofrimentos? E eu deveria sofrer duas vezes?

Iphigene e seus amigos não deixaram nada ao acaso. Não sei como eles conseguiram os rifles. Eles assaltaram um depósito de munição, em Oistins ou Saint James, por exemplo? Os depósitos de munições eram numerosos em nossa ilha, que no passado havia sido estabelecida como ponto de partida para ataques a territórios espanhóis e que continuava a viver sob o terror dos franceses. Eu vi se empilharem rifles diante da casa, pólvora e balas que Iphigene e seus companheiros dividiram em partes iguais. Não sei como eles tinham contado as propriedades em exploração: 844 no total e homens nos quais poderiam confiar. Eu os ouvia alinhando nomes e números:

— Ti-Roro, de Bois Debout: 3 rifles e 3 libras de pólvora.

— Nevis, de Castleridge: 12 rifles.

— Bois Sans Soif, de Pumpkitt: 7 rifles e 4 libras de pólvora.

E os emissários se foram por todas as direções, se escondendo sob as árvores e no mato alto. Em determinado momento, vi Iphigene muito cansado e implorei:

— Vem descansar um pouco. De que servirá morrer antes da vitória?

Ele fez um gesto impaciente com a mão, mas depois me obedeceu e veio sentar-se perto de mim. Eu fiz carinho nos seus cabelos, ásperos e queimados do sol:

— Eu sempre te falei da minha vida. Mas tem uma coisa que não te contei. Eu já carreguei uma criança, mas tive que me desfazer dela e me parece que eu a encontrei em você.

Ele ergueu os ombros:

— A gente se pergunta às vezes onde é que as mulheres vão buscar suas quimeras.

Então, ele se levantou e me disse:

— Será que em algum momento você pensou que eu pudesse não desejar ser tratado como um filho?

E saiu.

Preferi não me debruçar sobre o significado de suas palavras. Além disso, eu tenho lá tempo de sobra? A contagem regressiva havia começado: mais uma noite antes do ataque. Não estava realmente preocupada com o resultado do enredo. Na verdade, evitei pensar sobre ele. Me deixei confundir por devaneios coloridos e sobretudo pensava na minha filha. Ela tinha começado a se mexer no meu ventre; uma espécie de suave rastejar, lenta como se quisesse explorar seu espaço estreito. Eu a imaginava como um girino cego e cabeludo, flutuando, nadando, tentando virar de barriga para cima sem sucesso, mas começando de novo e de novo, com obstinação. Um pouco mais de tempo e nos olharíamos. Eu, envergonhada das minhas rugas e dos meus dentes quebrados, sob seus olhos novos. Ela iria me vingar, minha filha! Ela seria capaz de atrair o amor de um negro com um coração quente como pão de milho. Ele seria fiel a ela. Eles teriam filhos e aprenderiam a ver a beleza neles. Crianças que seguiriam direitas e livres em direção ao céu.

Perto das cinco horas, Iphigene me trouxe um coelho que ele tinha roubado de algum cercado e que segurava pelas orelhas. Eu não tenho nenhum escrúpulo em matar animais para os sacrifícios, mas fico repugnada ao ter que matar animais inocentes com os quais os homens se alimentam. Não há uma galinha que eu não tenha matado, um peixe que tenha esvaziado sem antes pedir perdão pelo mal que lhe causava. Sentei pesada, pois meus gestos começavam a ficar desajeitados, sob o toldo que me servia de cozinha, e me pus a preparar o bicho. Quando abri sua barriga, um fluxo de sangue fedorento e negro saltou no meu rosto enquanto duas bolas de carne podre rolaram no chão, envoltas em uma membrana esverdeada. O fedor era tanto que eu recuei e minha faca, escapando da minha mão, acabou por pousar no meu pé esquerdo. Dei um grito e Iphigene largou o rifle que ele carregava para me manter segura.

Foi ele quem tirou a faca da minha carne e tentou parar o sangue que se esvaía e esvaía sem parar. Pois, parecia que eu ia me esvaziar com aquela ferida minúscula, o sangue já formava uma pequena poça que me fazia lembrar as palavras de Yao:

— Nossa memória será inundada com sangue. Nossas lembranças boiarão em sua superfície como nenúfares.

Depois de rasgar em pedacinhos todas as roupas que tinha à mão, Iphigene conseguiu parar o sangramento e me levou, embrulhada como uma criança, para dentro da cabana.

— Não se mexa mais. Eu cuido de tudo. Você acha que eu não sei cozinhar?

O cheiro acre do meu sangue não tardou a irritar minhas narinas e foi então que a lembrança de Susanna Endicott me atravessou o espírito. Terrível megera! Eu não a mantive embrulhada por meses, por anos, banhada no suco do seu corpo, e não foi ela quem se vingou como prometera? Sangue por urina. Qual de nós foi a mais terrível? Eu queria rezar, mas meu espírito me recusou a qualquer serviço. Fiquei lá, olhando sem ver o entrelaçado de madeira que sustentavam o teto.

Pouco depois, Man Yaya, Abena, minha mãe, e Yao vieram me ver. Eles estavam em North Point, onde respondiam ao chamado de um quimboiseur, quando viram o que aconteceu comigo. Man Yaya tocou meu ombro:

— Não foi nada. Logo nem vai mais pensar nisso.

Abena, minha mãe, não pôde se deter, é claro, de suspirar e de resmungar:

— Se há um dom que você não tem é o de escolher seus homens. Enfim, logo, tudo voltará à sua ordem.

Eu a encarei:

— O que você quer dizer?

Mas ela se virou:

— Você tem a intenção de acumular bastardos? Veja os cabelos na sua cabeça, parecidos com o recheio branco dos frutos da mafumeira.

Quanto a Yao, ele se limitou a me dar um beijo na testa e a respirar:

— Até logo. Estaremos aqui quando necessário.

E desapareceram.

Perto das oito horas, Iphigene me trouxe uma tigela de comida. Ele se virou bem com um rabo de porco, arroz e feijão. Trocou meus curativos, não demonstrando nenhuma inquietude ao vê-los pingando sangue novamente.

Última noite antes da ação final, a dúvida, o medo e a covardia apareceram: Para quê? A vida tinha que ter um gosto tão ruim? Por que se arriscar a perdê-la por essas migalhas de felicidade que ela mesma dá, apesar de sua avareza? Última noite antes do ataque final! Eu tremia, não ousei apagar a vela e vi dançar nas paredes a sombra monstruosa do meu corpo. Iphigene se aconchegou em mim. Abracei seu corpo magro e ainda resistente e senti seu coração bater a galope. Sussurrei:

— Você também tem medo?

Ele não respondeu nada enquanto sua mão tateava nas sombras. Então, percebi com espanto o que ele queria. Talvez fosse medo? Talvez tenha sido a preocupação em me consolar? Se consolar? O desejo de sentir prazer uma última vez? Sem dúvida, todos esses sentimentos foram combinados para que nos tornássemos apenas um. Imperioso e ardente. Quando esse corpo jovem e cheio de paixão se apertou contra o meu, primeiro minha carne se retraiu. Senti vergonha de dar a minha velhice às suas carícias, e quase o repeli com todas as minhas forças, pois, além disso, uma culpa absurda de estar cometendo um incesto me invadiu. Então, seu desejo se tornou contagioso. Senti em mim uma onda que ganhava força e urgência, e que quebrou, me inundando, o inundando, nos inundando e depois que rolamos um sobre o outro várias vezes, a ponto de perdermos a respiração e arfarmos, suplicando amedrontados e derrotados, fomos lançados de volta a uma enseada tranquila, plantada numa terra de amendoeira-da-praia. Nós nos cobrimos de beijos, e ele sussurrou:

— Se soubesse o quanto eu sofri por ver você carregando essa criança que não era minha, essa criança de um homem que eu desprezo. Você sabe quem é na verdade Christopher e qual é o papel dele? Mas não falaremos dele enquanto a morte pode estar afiando suas facas.

— Você acredita em conquistas?

Ele deu de ombros:

— O que importa! O que conta é ter tentado ter se recusado à fatalidade do azar.

Eu suspirei e ele me abraçou mais uma vez:

Bendito seja o amor que dá ao homem o esquecimento. Que o faz esquecer sua condição de escravizado. Que recolhe a angústia e o medo! Iphigene e eu, serenos, mergulhamos nas águas bondosas do sono. Nadamos contra a corrente, observando o peixe-agulha fazer graça aos pitus. Secamos nossos cabelos ao luar. Esse sono, no entanto, foi curto. Confesso que, uma vez que a embriaguez se dissipou, fiquei um pouco envergonhada. O quê! Esse menino poderia ser meu filho!

Eu não tinha respeito por mim mesma? E depois, por que esse desfile de homens pela minha cama? Hester bem disse!

— Você ama demais o amor, Tituba!

E eu me perguntava se essa não era uma das falhas do meu ser, um defeito que eu tinha que consertar.

Lá fora, o cavalo da noite galopava! *Ca-ta-prós. Cata-prós.* Abraçado em mim, meu filho-amante dormia. Eu não consegui. Todos os eventos da minha vida vinham à memória, carregados de uma intensidade particular, e as figuras de todos aqueles que eu tinha amado e odiado se aglomeravam ao redor do meu colchão de palha. Ah, eu os reconhecia! Não havia um só rosto ao qual eu não poderia dar nome. Betsey. Abigail. Anne Putnam. Senhora Parris. Samuel Parris. John Indien. Foi aí que meu corpo deu prova de sua leveza, e meu coração me lembrou de que nunca pertenceu a ele.

No que ele tinha se transformado naquela fria e funesta América?

Eu sabia que, cada vez mais, os navios negreiros aportavam em suas costas e que ela se preparava para dominar o mundo, graças ao nosso suor. Eu sabia que os indígenas tinham sido completamente dizimados do próprio mapa, reduzidos a errar sobre as terras que uma vez eram suas.

O que John Indien fazia nesse país tão duro aos nossos? Tão duro aos frágeis? Aos sonhadores? Aos que não usam os homens para o seu bem?

O cavalo da noite galopava. *Ca-ta-prós. Ca-ta-prós.* E todas essas imagens giravam ao meu redor com essa clareza que só pertence às criaturas da noite.

Era Susanna Endicott que se vingava de mim e seus poderes eram mesmo superiores aos meus?

Lá fora o vento se ergueu. Eu o ouvi derrubando árvores, algumas mangas. Eu o ouvi girar ao redor das cabaceiras e fazer bater as cabaças. Tive medo. Tive frio. Desejei entrar de volta no ventre da minha mãe. Mas nessa hora precisa, minha filha se mexeu como que para me lembrar de seu afeto. Pousei a mão sobre meu ventre e, pouco a pouco, um tipo de calma me invadiu. Um tipo de lucidez, como se eu me resignasse ao último drama que viveria.

Os sentidos se aguçaram, eu ouvi o vento se apaziguar. Uma galinha assustada por algum mangusto cacarejou num galinheiro. E, por fim, o silêncio se fez. Acabei dormindo.

Assim que fechei os olhos, tive um sonho.

Eu queria entrar em uma floresta, mas as árvores se juntaram contra mim e as trepadeiras, negras e caídas, me prendiam. Abri os olhos. O quarto estava escuro e enfumaçado. Eu quis exclamar:

— Mas eu já vivi isso!

Então compreendi e sacudi Iphigene, que dormia como um bebê, com um sorriso radiante nos lábios. Ele abriu os olhos ainda cobertos pelas lembranças do prazer. Muito rápido, no entanto, percebeu o que se passava e deu um pulo, ficando de pé. Eu o imitei, atrapalhada pela minha ferida e pelo sangue que não parava de correr.

Saímos. A cabana estava rodeada de soldados que nos olhavam rindo. Quem havia nos traído?

Os fazendeiros decidiram dar um exemplo, porque em três anos foi a segunda grande rebelião. Eles conseguiram o apoio total das tropas inglesas que vieram defender a ilha dos ataques dos vizinhos, e nada foi deixado ao acaso. Sistematicamente, as plantações foram revistadas e os escravizados, que inspiravam dúvida, postos debaixo de alguma mafumeira. Depois, baionetas na bunda, empurraram toda essa gente para uma vasta clareira onde dezenas de forcas tinham sido erguidas.

Cercado por seus pares, usando um tapa-olho, Errin percorreu a cena de execuções. Ele veio até mim e disse com desprezo:

— Muito bem, bruxa! Você que a deveria ter conhecido em Salem, vai conhecê-la aqui! E vai encontrar suas irmãs que partiram antes de você Tenha um bom sabá!

Não respondi. Olhei para Iphigene. Como era o mais novo, tinham batido muito nele, ele mal podia se manter em pé e certamente teria caído desmaiado se um dos capatazes não se ocupasse em chicoteá-lo a cada momento. Seu rosto estava tão inchado que não conseguia ver muita coisa e procurava o sol como um homem cego que deseja seu calor mais do que sua luz. Eu gritei para ele:

— Não tenha medo. Sobretudo, não tenha medo. Logo nos encontraremos.

Ele se vira para o lado de onde minha voz sai e, como não pode falar, faz um gesto com a mão.

Seu corpo foi o primeiro a girar no vazio, suspenso numa madeira forte. Eu fui a última a ser conduzida à forca, pois merecia um tratamento especial. A punição da qual eu tinha "escapado" em Salem, era agora apropriada. Um homem, vestido com um pesado manto preto e vermelho, recordou todos os meus crimes, passados e presentes. Eu tinha enfeitiçado os habitantes de uma aldeia pacífica e insultado Deus. Tinha chamado Satanás para estar entre eles e jogá-los um contra o outro, submissos e furiosos. Havia queimado a casa de um comerciante honesto que não sabia sobre os meus crimes e tinha pagado sua ingenuidade com a morte de seus filhos. Nesse ponto da acusação, quis gritar que não era verdade, que era mentira, cruel e vil. Mas pensei melhor. Qual é o ponto? Logo alcançarei o reino onde a luz da verdade brilha sem cessar. Montados sobre a madeira da minha forca, Man Yaya, Abena, minha mãe, e Yao esperavam por mim para pegar minha mão.

Eu fui a última a ser conduzida à forca. Ao meu redor, estranhas árvores se eriçavam com estranhos frutos.

EPÍLOGO

Essa é a história da minha vida. Amarga. Tão amarga.

Minha história verdadeira começa onde ela termina e não terá fim. Christopher se enganou, ou quis mesmo me machucar: ela existe, a canção de Tituba! Eu a ouço por toda a ilha, de North Point a Silver Sands, de Bridgetown a Bottom Bay. Ela corre a crista dos morros. Ela se balança nas flores do caeté. Outro dia, ouvi um menino de quatro ou cinco anos cantarolando-a. De alegria, eu deixei cair a seus pés três mangas bem maduras. Ele ficou lá, olhando para a árvore que, fora de época, lhe oferecera um presente tão grande. Ontem, foi uma mulher, lavando seus trapos nas pedras do rio, que a murmurava. Por reconhecimento, me envolvi em torno de seu pescoço. Lhe dei uma beleza da qual ela havia esquecido e que redescobriu, ao se olhar na água.

A todo momento, eu a ouço.

Quando corro à cabeceira de alguém que agoniza. Quando tomo nas mãos um espírito ainda assustado de um recém-falecido. Quando permito aos humanos rever furtivamente aqueles que achavam que tinham perdido.

Pois, viva ou morta, visível ou invisível, eu continuo a cuidar e a curar. Mas, sobretudo, fui designada a outra tarefa, ajudada por Iphigene, meu filho-amante, companheiro da minha eternidade. Alentar o coração dos homens. Alimentar seus sonhos de liberdade. De vitória. Não há uma revolta que eu não tenha feito nascer. Uma insurreição sequer. Uma desobediência.

Desde essa grande rebelião abortada de 17**, não há mês que se passe sem a eclosão do fogo. Sem que um envenenamento dizime uma Casa-Grande ou outra. Errin cruzou o mar novamente depois que, sob meu comando, os espíritos daqueles aos quais ele havia infligido suplício vieram dançar a *gwo-ka*, noite após noite, em volta de sua cama. Eu o acompanhei até a embarcação *Faith* e o vi engolir a seco cada vã esperança de ter um sono sem sonhos.

Christopher também se revirava na cama e não tinha mais nenhum gosto pelas mulheres. Eu me abstive de prejudicá-lo ainda mais, afinal, não era ele o pai da minha filha não nascida, morta sem ter vivido?

Não atravessei o mar para perseguir Samuel Parris, os juízes e os pregadores. Eu sei que outros serão responsabilizados. Que o filho de Samuel Parris, objeto de sua atenção e seu orgulho, vai morrer louco. Que Cotton Mather vai ser desonrado e acusado por uma cadela. Que todos os juízes vão perder sua soberba. Que, de acordo com as palavras de Rebecca Nurse, o tempo de outro julgamento vai chegar. Se ele não me incluir, o que isso importa?

Não pertenço à civilização do Livro e do Ódio. É dentro do coração que os meus guardarão minha memória, sem necessidade de grafia alguma. É dentro da cabeça. Em seu coração e em sua cabeça.

Como eu morri sem que fosse possível parir, os invisíveis me autorizaram a escolher uma descendente. Eu procurei por muito tempo. Espiei dentro das cabanas. Observei as lavadeiras dando de mamar. As "amarradeiras" empilharem os bebês que eram forçadas a levar para os campos. Comparei, pesei, tateei e, finalmente, achei a certa: Samantha.

Foi quem eu vi chegar ao mundo.

Eu tinha o costume de cuidar de Délices, sua mãe, uma negra crioula instalada em Bottom Bay, na plantação de Willoughby. Como ela já tinha perdido duas ou três crianças no nascimento, ela me chamou rápido para perto dela. Para enganar sua angústia, seu companheiro esvaziava muitos copos na varanda. O parto durou horas. A criança estava virada. A mãe perdia seu sangue e suas forças, e sua pobre e exausta alma só queria deslizar para a morte. O feto se recusava, lutou com raiva para entrar neste universo separado apenas por uma frágil válvula de carne. Ela acabou triunfando e eu recebi em minhas mãos uma menininha de olhos curiosos e boca resoluta. Eu a vi crescer e explorar, tropeçando em suas pernas vacilantes, o inferno fechado da plantação e ainda assim encontrar felicidade na forma de alguma nuvem, na penugem solta de um ilangue-ilangue ou no sabor frio da laranja. Desde que aprendera a falar, questionava:

— Por que Zamba é tão estúpido? E por que ele deixa o coelho sentar sobre suas costas?

— Por que nós somos escravizados e eles são senhores?

— Por que há só um deus? Não tinha que ter um para os escravizados? E um para os senhores?

Como as respostas dos adultos não a satisfizeram, ela as fez para seu uso. A primeira vez que apareci para ela, quando soube da minha morte pelo grande rumor da ilha, não demonstrou surpresa, como se tivesse entendido que estava marcada por um destino muito particular. Agora ela me segue religiosamente. Eu revelo a ela os segredos permitidos, a força oculta das plantas e a linguagem dos animais. Eu a ensino a descobrir a forma invisível do mundo, a rede de comunicações que o atravessa e os sinais-símbolos. Uma vez, quando seu pai e sua mãe estavam dormindo, ela se juntou a mim na noite em que eu a ensinei a amar.

Filha que não carreguei, mas que a mim foi designada. A mais alta maternidade!

Iphigene, meu filho-amante, não está em paz. Ele se esforça para levar a cabo a rebelião que não pôde completar durante sua vida. Ele escolheu um filho. Um pequeno negro Congo com panturrilhas vigorosas nas quais os capatazes já botaram os olhos. Outro dia ele não cantou a canção de Tituba?

Nunca estou só. Man Yaya. Abena, minha mãe. Yao. Iphigene. Samantha.

E então, há a minha ilha. Eu me confundo com ela. Não há nenhuma de suas trilhas que eu não tenha percorrido. Nenhum riacho no qual eu não tenha me banhado. Nenhuma mafumeira em cujos galhos eu não tenha me balançado. Essa constante e extraordinária simbiose me vinga da minha longa solidão nos desertos da América. Vasta terra cruel onde os espíritos só fazem o mal! Em breve, eles cobrirão o rosto com capuz para nos torturar melhor. Trancarão nossos filhos atrás da pesada porta dos guetos. Eles vão ainda reprimir todos os nossos direitos, e o sangue responderá ao sangue.

Eu só tenho um arrependimento, porque os invisíveis também têm os seus arrependimentos para que sua parte de felicidade tenha mais sabor, o meu foi ter sido separada de Hester. Sim, nós nos comunicamos. Eu sinto o cheiro de amêndoas secas de sua respiração. Ouço o eco do seu riso. Mas permanecemos uma de cada lado do oceano, que não atravessamos. Sei que ela está seguindo seu sonho: criar um mundo de mulheres que seja mais justo e mais humano. Amei demais os homens e continuo a fazê-lo. Às vezes, gosto de deslizar em alguma cama para satisfazer restos de desejo. Assim, meu amante efêmero pode se maravilhar com seu prazer solitário.

Sim, agora estou feliz. Eu entendo o passado. Eu leio o presente. Eu conheço o futuro. Agora, eu sei por que há tanto sofrimento, por que os olhos dos nossos negros e nossas negras são brilhantes de água e de sal. Mas eu também sei que tudo isso terá fim. Quando? O que importa? Não tenho pressa, estou liberta dessa impaciência que é própria dos humanos.

O que é uma vida quando olhamos a imensidão do tempo? Na semana passada, uma jovem escravizada se suicidou, uma axanti como minha mãe, Abena. O padre a tinha batizado Laetitia, e ela se sobressaltou ao ouvir esse nome, incongruente e bárbaro. Por três vezes, ela tentou engolir a língua. Por três vezes, ela foi trazida de volta à vida. Eu a seguia passo por passo e lhe inspirava sonhos. Ai de mim, eles a deixavam mais desesperada pela manhã. Ela se aproveitou da minha desatenção para pegar um punhado de folhas de mandioca que mascou com raízes venenosas. Os escravizados a encontraram, rígida, baba nos lábios, já soltando um fedor terrível. Tal caso permanece isolado, e são muito mais numerosas as vezes em que detenho uma pessoa escravizada à beira do desespero, sussurrando:

— Veja o esplendor da nossa terra. Logo, ela será toda nossa. Campo de urtigas e cana-de-açúcar. Colinas de inhame e carreiras de mandioca. Toda!

Às vezes, e é estranho, eu fantasio em ser mortal de novo. Então, me transformo. Eu viro um anólis[10] e puxo a minha faca quando as crianças se aproximam de mim, armadas com pedacinhos de palha. Às vezes, eu me faço um galo e quase fico bêbada de tanto cantar, fico bem mais bêbada que de rum. Ah! Amo a excitação do escravizado a quem permito vencer a luta! Ele sai com passos de danças, erguendo o punho em um gesto que logo simbolizará outras vitórias. Às vezes, viro passarinho e desafio os jogos de palma[11] dos meninos arteiros que gritam:

— Peguei!

E eu voo com um farfalhar de asas e rio da cara frustrada deles. Às vezes, enfim, me faço cabra e fico dando voltas ao redor de Samantha, que não é boba. Pois essa minha menina aprendeu a reconhecer a minha presença no tremor dos pelos de um animal, na crepitação do fogo entre quatro pedras, no jorro brilhante do rio e no sopro do vento que despenteia as grandes árvores das colinas.

---

10. Pequeno lagarto.
11. Funda.

NOTA HISTORIOGRÁFICA

Os julgamentos das Bruxas de Salem começaram em março de 1692 com a prisão de Sarah Good, Sarah Osborne e Tituba, que confessou "seu crime". Sarah Osborne morreu na prisão em maio de 1692.

Dezenove pessoas foram enforcadas, e um homem, Gilles Corey, foi condenado a uma dura pena (foi esmagado até a morte).

No dia 21 de fevereiro de 1693, sir William Phips, governador real de Bay Colony, enviou um relatório a Londres que dava continuidade às prisões na Colônia e pedia permissão para diminuir o sofrimento. Isso foi feito em maio de 1693, quando as últimas acusadas se beneficiaram de um perdão geral e foram libertadas.

O reverendo Samuel Parris deixou a aldeia de Salem em 1697 depois de uma longa querela com seus habitantes a propósito de salários atrasados e da lenha para o aquecimento que nunca lhe foi entregue. Sua mulher morreu um ano antes, ao dar à luz seu filho, Noyes.

Por volta de 1693, Tituba, nossa heroína, foi vendida, na prisão, pelo preço de "sua pensão", suas correntes e seus ferros. A quem? O racismo, consciente ou inconsciente, dos historiadores foi tamanho que ninguém se importou. De acordo com Anne Petry, uma romancista negra americana, que também se apaixonou por essa personagem, Tituba foi comprada por um tecelão e terminou seus dias em Boston.

Uma vaga tradição afirma que ela foi vendida a um comerciante de escravizados que a levou de volta a Barbados.

Quanto a mim, eu ofertei a ela um final de minha escolha.

Deve-se notar que a aldeia de Salem é hoje chamada Danvers e que é na cidade de Salem que a maioria dos julgamentos ocorreu, mas não a histeria coletiva, que faz fama com a memória da bruxaria.

M. C.

A primeira edição deste livro foi publicada em agosto de 2019, ano em que se comemoram os 31 anos da Mazza Edições, fundada por Maria Mazarello Rodrigues, que, em 2003, publicou o primeiro livro de Conceição Evaristo, *Ponciá Vicêncio*.

Este livro foi composto na tipografia Dante MT Std, em corpo 12/16, e impresso em papel off-white no Sistema Cameron da Divisão Gráfica da Distribuidora Record.